寒山月

咏史旅游诗选

王文钦 / 著

天津出版传媒集团

天津人民出版社

图书在版编目（CIP）数据

寒山月咏史旅游诗选 / 王文钦著. —— 天津：天津
人民出版社，2019.8
ISBN 978-7-201-14967-7

Ⅰ. ①寒… Ⅱ. ①王… Ⅲ. ①诗词 – 作品集 – 中国 –
当代 Ⅳ. ①I227

中国版本图书馆CIP数据核字（2019）第147430号

寒山月咏史旅游诗选
HANSHANYUE YONGSHI LÜYOU SHIXUAN

出　　版　天津人民出版社
出 版 人　刘　庆
地　　址　天津市和平区西康路35号康岳大厦
邮政编码　300051
邮购电话　（022）23332469
网　　址　http://www.tjrmcbs.com
电子邮箱　reader@tjrmbs.com

责任编辑　陈　烨
出版策划　禹成豪
策划编辑　孙兴冉
装帧设计　沈加坤

制版印刷　天津旭非印刷有限公司
经　　销　新华书店
开　　本　710×1000毫米　1/16
印　　张　21
字　　数　310千字
版次印次　2019年8月第1版　2019年8月第1次印刷
定　　价　68.00元

序

　　《寒山月咏史旅游诗选》者，吴门王文钦先生自选诗稿也。先生生长荆楚，幼失怙恃。遭际坎壈，而好学早慧。甲辰（1964）夏毕业于北京大学哲学系，先后执教无锡轻工业学院（今江南大学）、江苏师范学院（今苏州大学）。晚岁卜筑姑苏城西，住近寒山古刹。凭轩诵读，呼朋宴饮，荷风与钟声袅绕，霜月共塔影徘徊，有终焉之志。因以"寒山月"名其稿。

　　《诗选》凡五卷，收录古近体诗四百余首。卷一五七言古诗。开篇《蚩尤歌》五言一百韵，一韵到底，字字有据，学人之诗也。七言如《水绘红颜董小宛》一百三十二韵，《蘼芜曲》二百五十六韵，《伍子胥颂》上下篇四百一十一韵，长篇叙事巨制，洋洋洒洒，才藻艳逸，梅村以降颇难其人。尤以《惜玉篇》一百五十四韵，叙先生与夫人秦女士自壬寅（1962）夏一见倾心，相濡以沫，偕老白头，苦尽甘来，五十年间往事款款诉说，读之心酸，亦一家之《离骚》也。卷二、卷三七言近体，律诗太半，均纪游之作。吟鞭所指，域内则苏、浙、陕、甘、豫、滇、新疆、西藏、香港各省区，海外则韩、日、英、法、德、意、俄、美、加诸国，风情民俗，轶事趣闻，一一采入箧中。造语奇伟诡谲，与山水人文相激荡，

1

盖黄公度、丘仓海之流亚也。卷四五七言近体，七绝、五律为主，内容则纪游、酬赠、题画、咏物杂陈。多咏吴中名胜，沉稳得体。卷五七言近体，律诗为主。有追忆母校、悼念导师、同窗、兄长所作，要皆发乎至情，哀婉动人。

余于戊辰、己巳间识荆先生于沧浪诗社吟席间。时吴中先贤韩秋岩、谢孝思、钱太初、朱季良、杨德辉、吴颦迦、王西野、黄异庵、曹大铁诸公咸在，类皆词学精深，书画兼工。先生揖让进退其间，每一言出，举座倾听，每一诗成，远近传抄。读其《幽默心理学》《新加坡与儒家文化》诸著，则识见高远，屏绝空谈，经世致用之学也。由是倾盖如故，过从甚密，尔来三十稔矣。先生素耽释学，每于课余闲暇，相偕游访灵岩、西园、寒山、圣恩古寺，拜谒明学、安上、性空、融宗诸大德高僧，相与参禅论道，颇益多闻。又尝花朝月夕，招致三五好友，雅集园中，吟诗度曲，声飞墙外。先生以余为知己，每有新作，辄先示之，邀以唱和。一语之俊、一词之工，称道不去口。其宽厚坦荡，大率如此。

迩年以来，先生因家事奔波于苏、港之间，诗社曲会，暌违久矣。客岁冬月，忽相约金鸡湖李公堤，寒暄数语，授予诗稿，责为弁语。浅学如我，又焉敢序先生之诗？推辞再三，终不获已。因追溯往事，书此以报。

己亥二月望，节序春分，吴门周秦拜撰。

周秦

第一辑

第二辑

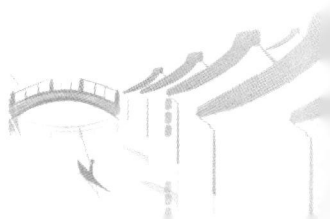

第 三 辑

第四辑

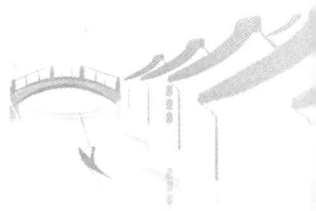

第一辑

蚩尤[1]歌

　　太湖三万六千顷，烟波浩渺，岛屿星罗。岛上居民喜演戴图腾面具之马灯舞[2]，盛传战神蚩尤故事。此三苗九黎之君，或亦为吴人之先祖欤？因借语虞吴音古韵，向茫茫具区，感慨歌之。

　　　　洋洋太湖水，蜂蜂百越[3]聚。

　　　　蛇鸟演图腾[4]，玉琮[5]镇疆土。

　　　　云际垒峰墩，幽秘罗象数。

　　　　筚路启山林，裙屐何蓝缕。

　　　　荆莽遍江南，生计操心膂。

　　　　火种逐陵陆，刀耕傍湖墅。

　　　　神农尝百草，后稷作禾黍。

　　　　谁为稼穑先？斯民食稻糈[6]。

　　　　男儿喜风波，水性逞洄洑。

　　　　巧造双体舟，斗浪事网罟。

治玉夺天工，雕琢赖锥斧。

质地选晶莹，器形多樽俎。

精凿兽面纹[7]，祭时遵古旅。

部落八十一，兄弟皆尚武[8]。

劈山磨五兵，声势压荆楚。

庶哉百越人，物华得天祜。

东海显龙威，肆虐云深处。

入侵卷虫潮[9]，狂涛吞丘所。

田野变汪洋，峰峦成洲渚。

寻食一何艰，隧居一何苦！

率部千舟征，问径扬州浦。

鸟惊海岱云，蛇盘徐淮树。

治水佐炎帝，功劳悉可数。

滩涂围田圩，沟渠绕村坞。

天下知九黎[10]，组织颇有序。

水火始匡廓，阴阳颇互补。

岁久见盈消，社日更祝煳。

赤帝奔有熊，扈臣升挥麈。

煌煌神农业，徽号终袭取[11]。

兴师逼河洛，中原能二主？

涿鹿大交锋[12]，黄帝驱獯獝[13]。

号角时悲咽，疾骑传玉琥。

进军万鸷飞，列阵千蛇仵。

熊熊旱魃[14]火，淫淫应龙[15]雨。

昼夜响雷鸣，闪电当空舞。

相对骁勇师，百战互攻御。

胜负遥无期，岁月交相绪。

常令缙云愁，久使熊罴踞。

孰剥夔龙皮，多制催战鼓。

鼓声惊天地，神力谁能拒。

折断三苗戟，震落九黎弩。

大雾忽弥天，八面设埋伏。

遍野戮哀鸿，血流漂木杵。

可怜常胜军，师颓难为伍。

绝辔冀中野[16]，腥气薰天岠。

碧血染丹枫[17]，青州遗玑组。

巍巍肩髀冢，郁郁腾烟柱。

化作蚩尤旗[18]，复将刀兵布。

杀声怃悲怆，上阵多妻女。

刑天[19]舞干戚，文身露脐乳。

遂令须眉男，弓矢不忍举。

帝鸿何所思，度势知安抚。

玉琢饕餮[20]形，秋月祭江沪。

大地息干戈，丛林敛翠羽。

广乐奏咸池，蹴鞠[21]练兵舞。

二龙同戏珠，华夏绥一侣。

阴云常戚戚，高阳时煦煦。

十万妇孺兵，逶迤迁徙旅。

不得家山居，难摇故乡橹。

四海皆茫茫，越人移何处？

幸留印纹陶[22]，萍踪知所去。

西路解敦煌，鸣沙接天宇。

河道皆干涸，逐日悲夸父[23]。

生息五百年，烨然出鲧禹[24]。

三代第一君，蛇种衍亘古。

南路放瓯越，艰难翻大庾。

林莽浮瘴烟，荆丛藏猛虎。

八闽河谷深，五指山妖蛊。

漂泊湄公河，强渡马来屿。

史前既远航，南洋现云橹。

艳艳紫金花，灼灼红棉树。

象征水乡情，续写英雄谱。

於戏南飞雁，旋翾依时序。

遂教扬越支，代代思良渚。

千载梓乡情，万里关山阻。

北斗辨经纬，故事传老耆。

应知草鞋山，应闻河姆渡。

寻根抵海虞，祭祖达天姥。

终见太湖波，银光千万亩。

想象欢乐群，环湖升烟溆。

天上万颗星，水中万把炬。

星炬闪烁间，歌舞何栩栩。

吴越昔未分，和谐若肱股。

断发复文身，通俗亦同语。

重磨三山石，惨淡营田墅。

坡冈营蚕桑，削木成机杼。

至今江南人，女子撑门户。

夏后执青圭，九鼎象物予。

镂雕怪兽纹，雷火层层黻。

太古蛮夷神，奠定开国础。

殷商用羌牢，神奸示尔汝。

往昔征战酉，厌胜青铜釜。

畏图配五刑，黎民敢逞虏！

灵业赖惩罚，百姓企安纾。

吊民伐纣罪，朝歌不堪拊。

嗟我炎黄孙，数典竟忘祖。

千载供黄龙，蛇身视无睹。

我作蚩尤歌，临湖代酹醑。

一唱豪气生，再唱豪气沮。

轻浪漾心潮，嘘唏奈何许。

注 释：

1. 蚩尤：上古时三苗九黎之君，与黄帝、炎帝同为中华始祖。《史记·五帝本纪》
曰：轩辕之时，神农氏世衰，诸侯相侵伐，暴虐百姓，而神农氏弗能征。
于是轩辕乃习用干戈，以征不享，诸侯咸来宾从。而蚩尤最为暴，莫能伐……
于是黄帝乃征师诸侯与蚩尤战于涿鹿之野，遂禽杀蚩尤。而诸侯咸尊轩辕
为天子，代神农氏，是为黄帝。蚩尤没后被尊为战神，其族流放西北及东
南各地，绵延不绝。

2. 马灯舞：太湖马迹山数千年间一直是一座孤岛。岛上居民社祭时所演马灯舞古老而神秘，与流行浙江各地马灯舞不同，实为上古兵战模仿。对阵两军各执纸灯，灯上图画水陆动物图腾象，演习者手执长短兵器，迂回交错，战斗激烈。分析下来，不似吴越夫椒之战，乃更古老之时南北部落集团战斗记忆，未可知也。

3. 百越：古代中国南方沿海一带分布极广的原始民族。据《汉书·地理志》记载，百越分布"自交趾至会稽七八千里，百越杂处，各有种姓。包括吴越、扬越、东鸥、闽越、骆越等支系。向北已延至江北、徐淮、鲁南沿海"。考古学家证实，百越族所在之处，均伴有几何印纹陶遗存。其为创造河姆渡、马家浜和良渚文化的族群。其文化北延江淮及大汶口文化地域。因此，百越与东夷族群有联合交往可能，后代百越孑遗与蚩尤族在现代少数民族传承上有重合情形，可想蚩尤当时亦为百越族共祖。

4. 图腾：图腾一词源于印第安语"totem"，意为"他的亲族"或"它的标记"。原始社会发展到新石器时代，形成氏族社会，当时的人们认为与本民族有血缘关系的某种动物或自然物是本民族的标志，是与本民族来源与存在相关的神秘关系，称为图腾。

5. 玉琮：《周末礼·春官·大宗伯》记载："以玉作六器，以社天地四方。以苍璧礼天，以黄琮礼地。"其形制，中空外方多节，每节彫纹饰。余以为是上古时代诸王首领势力象征，或者可以认为是封土一方之镇信。

6. 按中国古老传说，后稷为农业始祖，相传生于四千多年前今陕西武功之地。而考古证明，早在七八千年前，太湖、杭州湾一带已经耕种稻米，苏州草鞋山已发现七千多年前粳稻遗存。上述种种可证此地原始农业之先进。

7. 兽面纹：为三代玉器、铜器上常见纹饰。良渚文化中最早在玉器、陶器

上出现兽面纹。专家认为，饕餮纹为原始形态兽面纹，乃蚩尤形象。按此说，可见最早尊奉饕餮形象之处应为蚩尤之故土。20世纪90年代，余于苏州旧肆发现过良渚陶罐，兽面纹甚精致，可为佐证。

8.《史记·五帝本纪》引鱼龙河图云："黄帝摄政，有蚩尤兄弟八十一人，并兽身人面，铜头铁额，食沙石子，造立兵仗刀戟大弩，威振天下。"考九黎社会组织结构，从氏族到部落均以九为基数，九九八十一，蚩尤兄弟应该为各氏族首领。

9. 由长江、钱塘江泥沙淤积形成的太湖流域平原，四千多年来一直遭受海水浸漫，被称为卷虫潮海漫。

10. 九黎：上古时期，东夷部落联盟由九大部落组成，每个部落有九个氏族，故称九黎。居住地为黄河中下游地区，并向南延伸到长江下游地区。

11. 蚩尤族在今山东、徐州一带，曾做过炎帝水官，经营有方，能制造璇玑观天象，发展农业有功。到了炎帝姜罔时，由于最高统治者昏聩，蚩尤首领遂东征西讨夺取伏羲后裔九黎全部领地，袭取神农氏，号为"九黎之君"。原炎帝族大部分西迁，与黄帝族联合。

12. 涿鹿之战：约4600年前，黄帝部落联合炎帝部落，与三苗九黎之蚩尤部落在涿鹿之野进行决战。涿鹿所在地有两个说法，一是在今河北省涿鹿一带，一是在今山西省临汾地区。以蚩尤为主的南方部族在战争开始时处于上风，但黄帝族最终利用干旱天气、地形埋伏及应龙反叛侧应，执杀蚩尤。涿鹿之战使中华大地由蛮荒原始向文明时代转化，华夏民族得以形成。

13. 猰貐：古代神话传说中的吃人怪兽。《山海经·海内北经》："贰负之臣曰危，危与贰负杀窫窳。"窫窳即猰貐，猰貐音通蚩尤，故事也像贰负之臣应龙杀蚩尤之事。

14. 旱魃：传说涿鹿之战中，双方进行了水战。黄帝请旱魃止雨水，使气候变得干旱，水乡民族不适应气候变化，因此被战胜。史载旱魃为旱神，还有一说为黄帝之女所变。

15. 应龙：《山海经·大荒东经》："大荒东北隅中，有山名曰凶犁土丘，应龙处南极，杀蚩尤与夸父，不得复上。故下数旱，旱而为应龙之状，乃得大雨。"近代学者认为应龙在涿鹿之战中起到了擒杀蚩尤的作用，"应"字应解释为内应。"龙"应该属于蛇图腾的蚩尤部落集团中比较外围的成员，可能由于内部矛盾被黄帝族策应分化，于战争中伺机擒杀蚩尤首领。

16. 传说中地名。《逸周书·尝麦解》："赤帝大慑，乃说于黄帝，执蚩尤，杀之于中冀，以甲兵释怒。用大正顺天思序，纪于大帝，用名之曰，绝辔之野。"赤帝即炎帝。

17. 丹枫：传说蚩尤被杀于中州，其血染周围之树，成为丹枫。

18. 蚩尤旗：中国古代蚩尤族绘制有该族图腾旗帜。《史记》中将山东青州蚩尤冢常升腾的赤气称为蚩尤旗。中国古代天文学上又将一种奇特的彗星称为蚩尤旗，说是该彗星出现，预兆兵乱将兴。

19. 刑天：《山海经·海外西经》记载："刑天与帝至此争神，帝断其首，葬于常羊之山。乃以乳为目，以脐为口，操干戚以舞。"陶潜诗曰："刑天舞干戚，猛志固常在。"刑天应该是蚩尤族遗裔，此神话表明，蚩尤族战败无首之后，余部仍在战斗，主力应是妇女。

20. 饕餮：古代神话传说中一种"食人未咽，害及其身"的贪得无厌的怪兽，

别名狍鸮。即青铜器上兽面纹，在良渚器具上最先出现。孙作云教授认为，这是良渚人以蚩尤为祖先神，成为图腾标志。

21. 蹴鞠：史上最早记载的足球活动，又名"蹋鞠""蹴球"，最早的鞠，外包皮革，内实米糠。据说黄帝杀蚩尤之后，曾以其首让兵卒踢耍玩乐，又以其头型作鞠令兵士踢耍演练，既是玩耍，又是练兵之举。汉刘向《别录》记载："蹴鞠者，传言黄帝所作，或曰起战国之时。蹋鞠，兵执也，所以讲武以知材也。"

22. 印纹陶：中国古代几何印纹陶，大约出现在五六千年前，分布地区为江苏、浙江、江西、广东、广西、福建以及南洋各国。北大考古学者研究发现，几何印纹陶是伴随着我们古越人（百越族）活动范围大量出土的。其纹饰有回字纹、席纹、编织纹、绳纹、方格纹、米字纹、窃曲纹、云雷纹及水波纹等。研究者认为，这些纹形与蛇图腾崇拜有关，多为蛇的行动盘曲以及身上花纹样式。

23. 夸父族与蚩尤族组成的部落联盟，也属于南方原始族群。黄帝族战胜蚩尤族之后，夸父族成为流放西方沙漠地区的一支，所以在荒漠中流传逐日神话。因为该族首领死于干旱荒漠，所以有被应龙杀死之说。

24. 鲧禹：蛇图腾后裔，是向西方流放的蚩尤族后代，以善治水闻名。鲧在尧时期为水官，因治水不利受刑。其子禹继承父业，终于建立功勋，名垂青史。他因此袭取部族集团领袖职务，被称之为三代第一君，成为夏朝开国之祖。

伍子胥颂

——伍子胥 2500 年祭

上篇

又是旸旸五月天，江南盛典逾千年。

粽香飘荡城乡曲，塘上龙飞竞渡船。

傩舞神歌喧古镇，五黄宴[1]祭遍庭园。

姑苏自古称多祀，底事千秋重伍员[2]。

吴越春秋成往昔，当年故事仍流传。

忠魂衔恨知多少，悲愤常盈天地间。

岁岁端阳凭吊客，咸将申庙[3]记心田。

吉辰祭典呈祥氛，古乐纡回殿宇前。

香案煌煌燃蜡烛，檀烟袅袅笼庄严。

主尊魁武增神气，一种威风岂等闲。

列阵戎装操剑舞，频击战鼓震栏杆。

族裔礼拜添香火，文士鞠躬朗颂篇。

桂酒肴丞鲜果品，供奉礼仪悉周全。

胥江两岸多菖蒲，择采数茎怅怅还。

遥望汤汤东逝水，教人思绪总绵绵。

九州何日始分疆？沃土燎原惟楚邦。

芈姓宏图越百载，穆将太乙奉东皇[4]。

陆终六子呈王脉，伍氏[5]亦绍帝高阳。

应有乡愁思汉水，英雄故土处南襄[6]。

丛丛古木生林荫，偃盖先人皆栋梁。

曾祖伍参性耿介，曾以忠谏美名扬。

宫廷昔日醉歌舞，靡丽妖风朝政荒。

敢向王前进隐喻，一鸣惊人激楚庄[7]。

伍举伍奢父与子，终生謇謇事君王。

章华台上辩美恶，太子宫中颂陶唐。

惟德是辅增门望，棠棣之华育两郎。

兄弟友于个性异，生来仪表各堂堂。

伍员双目炯如电，伟壮身腰九尺长。

探奥五行研洪范，精通八卦识阴阳。

经天纬地风云志，出将入相未可量。

酒盏鎏金灯盏红，细腰艳舞楚王宫。

原为太子成婚礼，冶丽孟嬴王看中。

奸佞无极设诡计，调包诒主暗操纵。

东宫笼罩愁云里，阴向边城吹逐风。

更诬伍奢世子叛，忠良圄郢待鞠凶。

胡能奉召随兄至，大恨深仇岂可容[8]！

千里跮踱踽踽路，子胥去国遽匆匆。

昭关一夜须发白，鄂渚逃生赖钓翁。

汩汩莘莘跋涉险，披星戴月奔吴东。

既经万难脱身后，天下何人不识公！

云腾海气畔勾吴，丰稔良田刈稻秩。

兴旺市廛三两里，尤多百越土俗夫。

萍踪初至姑苏地，坎坷无依困道途。

褴褛薄衫着弊履，吹箫行乞过吴趋。

苍茫落日归隅谷，欣有荸门容子胥。

陋巷有缘逢孝子，英雄相惜识专诸。

执尊同结金兰好，大业誓将鼎力扶。

公子姬光寿梦裔，权时形势晓兵枢。

王僚潜位孰能忍，纳士招贤有所图。

咨访豪杰吴市吏，迎来伍氏世间殊。

上宾供奉真诚待，问策揆天则地如[9]。

推荐专诸行刺客，伺机挨近驭龙舆。

东窗谋划夺神器，演绎乾纲拟握初。

际遇楚丧振刃日，王前敦促举兵车。

料知王弟率兵旅，果派烛庸偕掩余。

忌庆亲生出郑卫，王宫将校悉空虚。

醇醪宴请君鸾至，钦若华庭翠盖舒。

交错觥筹笙乐里，忽闻传报上炙鱼。

鱼肠剑匕藏鱼腹，跪向王前心不虞。

侠胆霜锋逞膂力，霎旪王命一鸣呼。

围攻刺客亲随乱，四起伏兵皆举殳。

公子当时宣得国，新王称号曰阖闾[10]。

春风袅袅草青青，卓荦新朝始向荣。

因将行人代令尹，万机国事总权衡。

设守备，实仓廪，治国安民先筑城[11]。

相土尝水勘新址，江湖锁钥乃兴墉。

震泽乾位交汾淀，漕埭坤维洽阳澄。

却是新郭扩旧域，西南镇倚众山陵。

象天法地经设计，规划方园区域形。

探奥堪舆风水事，乞征庶绩国咸宁。

雉堞焉奕四十里，水陆八门气势宏。

门曰阊蟠窥楚越，胥蛇娄匠并齐平。

楼门巍巍迎风雨，双重翚檐势若升。

纵横夷庚卅米阔，街衢辐辏邑中陉。

条条水巷行舟楫，日日吹歌叫卖声。

澹淡池濠呈气象，空中鸟瞰似棋枰。

春秋列国城多少，不负当时鼎盛名[12]。

广袤幅员修禾政，枢机岁事重农耕。

更新耒耜兼锄耨，改进犁铧用畜生。

蒸民细作不辞苦，开垦荒田岁课轻。

亦仰时和风雨顺，年年稻谷喜丰登。

繁殖六畜多园囿，鹿苑牛宫置野垌。

村舍周边池水漾，游鱼唼喋浪花腥。

青铜工艺已专营，冶炼能人着意徵。

鬼斧神工铸鼎鼐，裁云镂月作钟枪。

精雕纹饰增华美，错采金光亮器型。

干将风炉殚炼剑，莫邪助焰玉魂升。

吴钩淬火出神器，霜锋一试四邻惊[13]。

伍员据此充军械，守备攻伐庶几成。

道是春秋无义战，列强连续起纷争。

偏因楚越视眈眈，能不情急炼五兵。

开凿运河兴水利，中原逐鹿便征程。

先通伍堰临江浦，继后刊沟起广陵。

更延河床接沂济，奠定隋炀万里泓。

盘郁湖边卅里山，穹窿巍巍笼烟岚。

层峦巑岏云深处，石岛茅蓬三两间。

斩棘披荆孙武子，长年隐逸此林泉。

阿谁慧眼识兵圣？时而登临是伍员。

去国离乡成益友，文思武略可比肩。

运筹兵法精研讨，布阵奇韬切磋谈。

茶叙无非天下事，酌聊多涉楚吴患。

王前七荐金麾帅，君主缉熙亲夙敦。

应对欣逢旷世奇，睹文惊叹十三篇。

红装列阵经操演，拜将练兵待设坛。

伍子雄飞孙子慧，一时吴国并双贤。

雄兵勇士充戎府，水陆舟师甲胄全。

马骠兵强振羽翰，视瞵楚越眺中原[14]。

一时鼙鼓震吴闾，蔽日旌旗纏属扬。

西邑晴坪集步旅，北濠殆荡列云樯。

经营数载终伐楚，数万雄兵气势厖。

风里戎斿威武甚，援旌披甲耀腾骧。

三师肆楚克敌策，肇始良谋势已宄。

径向徐淮朝北旆，伐夷声势特昂昂。

楚师驰援来何疾，骆马湖边寻遁藏。

转帜吴军攻潜六，救兵临近避锋芒。

轮番进退轻松驭，速撤突袭引奔忙。

弦邑遭围复辗转。将兵无奈弃南冈。

回师淮上伍军去，疲惫屯营更沮丧。

司马撤兵还楚域，伺机陷养势难当。

掩余戕害烛庸死，尤使阖闾爵命祥[15]。

大别山东千百里，沿江设垒楚屏障。

群舒桐国忾凌辱，设计离间乖楚邦。

巧施瞒天谋过海，攻桐惑楚重兵藏。

引蛇出洞陈戈久，涣散军心斗志亡。

一举围歼熊旅靖，巢城轻取御敌光。

淮南此后无烽垒，荒草空营叹豫章[16]。

日丽风和两度春，吴都生气日骎骎。

城中囷谷庚仓足，郊野营兵甲胄新。

兵圣及时多演练，战神无日不察巡。

吴儿好剑能轻死，骁勇雄狮傲古今。

胜战连番未陷郢，君臣有憾故沉吟。

兴兵破楚君王志，父难兄仇臣子心。

蔡使公孙求救援，时机难得举军幡。

长于敌域鸣悲角，岂可吴疆洩楚氛。

王驾亲征孙伍护，祭旗勒誓酹闾门。

昼行夜宿翻山水，吴榜舽船渡潺沄。

上溯长淮限曲处，舍舟登陆陟云昆。

江淮荆莽接唐蔡，三国合成五万军。

桐柏山崒穿险隘，大隧冥阨与直辕。

鹰扬翱降三千尺，不日飞临汉水滨。

对岸熊黑先据守，总戎尹戌战机寻。

谋抄淮汭焚吴舰，南北夹攻隐制人。

囊瓦贪功先渡水，吴师佯退谲云屯。

觅知战地唯柏举，金锁鱼鳞暗处陈。

犀角吹鸣勇士出，矢集剑簇楚天昏。

将军被俘大夫死，令尹逃亡入郑邻。

尹戌回师救囊瓦，两军对峙气薰薰。

吴儿骁勇惊天地，刃气杀声怯鬼神。

乘胜追击亡楚帅，狂飙着意卷残云。

荒原百里兵燹尽，雄郢城空敞重阍。

国主西奔云梦泽，随君仗义纳上宾。

孤军犯险凌强楚，获胜君臣沉醉醺。

擅占宫廷窃国器，潜窥贵室蔑人伦。

子胥但念复仇事，可恨平王早断魂。

因向郊原寻墓道，韦鞭三百重拷坟。

有仇不报非君子，忿怒直冲椁内身。

此后枭雄多少墓，谁能若此了沉冤¹⁷！

下篇

星域相辰地相邻，波光潋滟太湖滨。

曩时良渚繁衍地，国界逶迤吴越分。

水陆圩圻数百里，同俗共语往来频[18]。

摩擦庶几成边衅，楚越联盟招恚瞋。

陷郢休兵近十载，伺机征讨待时辰。

允常晏驾袭勾践，择日登基国正嚚。

时不我与速骋志，一时槜李重兵陈。

水军埋伏御儿淲，铁骑迎敌鹍子墩。

越勇冲锋多被擒，刑徒先遣乱吴人。

忽如洪水泱泱至，竟使强军成溃军。

遭创阖闾伤脚趾，回车七里死于陉[19]。

白幡丧幔代旌帜，世子夫差秉国钧。

会稽从来多诡计，贤臣左右辅明君。

出师未捷王先死，犹使子胥暗自忖。

从此雄兵防楚越，攻伐勿问晋齐秦。

彝伦攸叙兴吴略，治国君臣知所遵。

郁郁陉郊雨连绵，阖闾归柩启风帆。

执绋鹤市横塘路，举幔虎嶛海涌山。

早岁经营风水地，地宫硖礨注云泉。

罅池藏剑增神秘，总领规摹叹伍员[20]。

吴殿青坪深禁夜，夫差舞剑被星天。

巡更锣响跟梆点，呼唤连声振耳边。

"杀父之仇君记否？"即时回应"记心间！"

伍员犹念天荒荡，雪耻复仇岂等闲。

秣马厉兵演练久，朝乾夕惕谨周全。

更操水勇饬舟舰，相继舳舻明月湾。

挥舞旌旗风雨里，将军立马甲盔寒。

君有荣光国有辉，交锋携李显军威。

越王沉浸伐吴梦，剑指苏台誓可催。

营造舟楫数百艘，雄兵潜夜渡涟漪。

远山如黛天方晓，渐近夫椒横翠微。

樯橹连云犹静泊，港湾朗敞仍舒摘。

蓦然铜鼓震天地，鹤首央央见舞旗。

立刻舟师成阵势，山形舰队显神奇。

进击韬略甚幽秘，迎战机谋未可知。

舸舫舻台立伍子，艅艎崔巍坐夫差。

艨艟冲阵百舟横，艑舰窝弓万矢飞。

两翼迂回收疾速，中坚压镇控驱驰。

近逼敌舰抛钩锁，跃上船舷势若骊。

甲板厮杀甚惨烈，犹如虎豹战熊罴。

吴儿血性超常勇，困兽犹斗渐不支。

既而纷纷相跳水，越卒多作浪淘儿。

征帆砥砺遭倾覆，桅舵回樯快速归。

一日交锋决胜负，半湖烟水尽浮尸。

湖边余部方集结，潮涌兵锋上岸追。

操吴戈兮披犀甲，旌旗蔽日耀英姿。

刀光剑影杀声起，地暗天昏鏖战时 [21]。

骁勇之师岂可挡，追兵所向尽披靡。

丢盔卸甲多逃散，甲楯五千护主骑。

横渡钱塘回会稽，登山越岭寻岩栖。

君臣商议万安策，伍子已合九重围。

生死关头唯一线，存亡之际最难为。

大兵压境思何奈，救危扶倾赖范蠡。

"委曲求全免覆国，称臣纳贡挂降旗。

君王夫妇为人质，愿解句吴处位卑。

廿载生聚兼教训，卧薪尝胆待飘麾。"

越王听计唯允诺，伏案征忡双泪垂。

指望夫差能采纳，重金贿赂有伯嚭。

果然佞幸秕言语，谬讲臣服事已弥。

君主原为阶下囚，瘁邦何日不相随。

献呈岁贡增收入，附属依归耀国徽。

娓娓而谈殊善辩，吴王点首似无疑。

子胥懔懔幕前立，慷慨激昂久致辞。

治国应先识大敌，越人重创赐良机。

撤其庙飨绝其嗣，灭越是为当务急。

不共戴天难共患，难免相侵复相欺。

和颜苟且权宜计，遵养晦时故守雌。

纵虎为患成大忌，劝君且勿龟和绥。

夫差听罢呈愠色，"吾意已决慎莫违。"

苍天枉受存亡虑，相国仰看不胜悲。

择日班师兼水陆，旗麾盖地引吭回。

军旅凯旋沿旧途，后排押解几囚车。

蓬头跣足生如死，破国荒殄有若无。

此去吴都四百里，龙山回顾渐模糊。

越王崩擗自轻蔑，家国湮亡罪在余。

性命攸关犹未卜，救危扶困奈何图。

晓行夜驻六七日，俄见松林漫曲岖。

已到吴宫深禁地，越君即日是为奴。

木栅铁钥石窟锁，草铺孤灯伴起居。

陾腹倾仄勤洒扫，侧身喂马洗车夫。

卑以自牧甚恭敬，谨小慎微防子胥。

目睹权威能顺势，夫差刚烈得安舒。

体屙卧病未几日，舐粪君前比吮疽。

勾践连称系小恙，奴知秽味保无虞。

吴王大悦遂痊愈，谓此忠心世上殊。

待我虔诚亦悯尔，汝邦舍我倩谁扶？

伍员闻讯急呈奏，勾践君臣应见诛。

待罪三年多佯作，亢尊失势现卑污。

俯头帖耳掩屈辱，谄媚君王装羁孤。

放虎归山殊可畏，王须警惕莫虚拘。

奈何夫差意已决，只可遵循不可取。

相国归来唯叹息，恸哭虎阜吊阖闾。

越君蓄志逃亡去，二十年间必灭吴！

河山炜炜又逢春，会稽欣然迎国君。

宫殿葺修复敞朗，黎民抚循事耕耘。

不忘雪耻尝悬胆，但念复仇苦卧薪。

大禹陵前亲献祭，十年生聚誓军民。

经常笼络伯嚭辈，更防伍子警惕心。

吴主性情多反复，惑眩莫过结联姻。

英雄自古知多少，谁不倾情爱美人！

绿水青山藏丽质，交于范蠡认真寻。

春水盈盈漾软风，苎萝西去浣江东。

澄波辉映浣纱女，竟现沉鱼落雁容。

酒靥桃腮绽艳色，黛眉柳叶蹙情浓。

楚腰袅袅翩翩影，直是姮娥月下踪。

觅得夷光仙子态，凤凰敛羽玉池桐。

俟登宫掖习歌舞，候伴吴王训靖恭。

妍丽婥容香馥郁，婀娜修态玉珑璁。

西施郑旦辞朝日，贡品珍稀舱内充。

献美专程遣范蠡，一番叮嘱践行中[22]。

化敌为友姻盟旨，吴越从今两相融。

常伺夫差耽佚乐，促兴土木建离宫。

盛时难免凌云志，引向中原试剑锋。

国难乡愁卿须记，余怀笃爱只藏侬。

西施含泪低声语，难忘溪边昔日逢。

何奈缘悭情分浅，耿耿星河表寸衷。

灵岩仰望势峥嵘，芊萋葱茏松柏青。

数里红毯登顶路，两旁鼓瑟又吹笙。

蓝舆迳入吴宫苑，正是芳菲艳锦茵。

天外飘来仙女俩，双娇落轿弥香馨。

衔接仪适煦金殿，吴主趋前带笑迎。

遂命文僚颁玉册，寡人今日结盟姻。

周知宇内齐欢庆，设筵王宫内外厅。

接踵众卿争觐贺，座中伍子颇心惊。

敌邦狡施美人计，细作居然入掖庭。

举国欢腾浑不觉，急为提醒上条陈。

历来佳丽惑人主，三代史实教训深。

四大妖姬生祸水，禁闱魅影数朝倾。

奏呈引来雷霆怒，竟敢视余末代君。

妹喜妲己妖孽辈，西施岂是狐狸精！

年衰恩念惜惜是，比喻荒唐大不伦。

今后勿参廷内事，余暇玩读养精神。

象岩回顾总嶙岣，斗建辰移月月匀。

凿石开山兴土木，船拥木渎马足尘。

歇山庑殿烧甄瓦，顶苑茵坪斩棘榛。

池井玩花添镜鉴，琴台筝语藉风云。

馆娃宫耸惊宏敞，响屧廊幽赞碧津。

常涉寿亭槛润色，时登龟石屐留痕。

浓歌艳舞金宵夜，绿酒红灯掩重闉。

冉冉芳舟何所在？向湖一箭采香泾 23

鲜花遍野临湖口，嘉卉菲芳两洞庭。

罗带轻飘凉玉臂，湘裙招展露修婴。

坐怀兀自斟醇酒，不觉君王又醉醺。

七桅风帆替凤轸，迎风销夏变良辰。

渔湾禁斋数千顷，点缀湖山多阁町 24

入暮相依观月美，叇晨共享羡鱼情。

月明星灿中秋夜，桂蕞坞屯万盏灯。

歌舞喧嚣坪坝上，君王醉眼看飘裙。

倏然一骑奔腾至，忽见伍员怒目瞪。

惟我长年充辅弼，寰区要事必亲闻。

平时走访城乡隅，深感世间多赤贫。

暴殄奢靡挥霍久，繁徭重赋故难轻。

偃床湛乐成何体，燕侣莺俦太溺沉。

嗟尔皇天德是辅，唯施人道悯蒸民。

一时沉寂乐声寝，未肯高腔叱辈群。

粉黛低垂惟默默，聆听未几现愁颦。

夫差乘醉发狮吼，臣子居然敢训君！

奉命先王行运作，物华天宝倩谁承？

原来天下本无事，自扰之人见也庸。

勿撒尘埃污美苑，莫喧嘈噪乱天钧。

猖獗恣肆不加罪，念尔两朝开济身。

卌里堠程响马蹄，将军平素著征衣。

不留良苑庆佳节，巡视军营夤夜归。

船舰葺修察港坞，戎旃整饬转城畿。

驻营将士皆英武，耀耀旌旗伍子麾。

凝望层林营帐外，周边寂静久沉思。

军容演练君王看，企振当年耀武时。

宫殿辛勤问国事，栉风沐雨再腾飞。

茵坡十里围操场，列阵千军百笛吹。

锋光曲翘吴钩闪，纛羽飘摇远竖威。

西子搀君冠宝盖，轻扶纤指步蓂墀。

演绎攻伐争速度，模拟督阵显高挥。

行枚步履超齐整，变幻锋芒势逶迤。

坐上夫差欢喜甚，低声俯耳问宠妃：

"养兵千日一时用，卿看刀锋应指谁？"

"逐鹿中原逞霸主，进军当向晋与齐。"

伍员侧立忙摇首，勿忘强敌是会稽。

数万精兵如北狩，勾吴难免背遭袭。

远交近取兴兵策，敌友不分致危机。

苦口良言珍重语，奈何国主竟迷离。

座前争辩生情绪，终向朝臣用詈訾。

是尔听君君信尔，永将余越视狼豺！

今朝不必领军去，虎符传来递伯嚭。

远赴沙场征战去，伍员称病息幽蹊[25]。

此征获胜当然事，宰嚭居功不自知。

悉赖伍员亲训练，麋麑驷介虎狼师。

奸佞贪欲多徵贿，於越因之久交私。

嫉恨子胥疑会稽，唯恐慧心隐事猜。

恶生挑衅寻争战，荐推伍相使临淄。

此番颇感借刀意，未料尊贤重礼仪。

更进谗言成陷害，诬其叛国结齐魋。

出行敌国携亲子，潜伏斯邦殊可疑。
吴主愤盈发暴怒，预谋此举欲何为：
“经年难怪仇邻国，早系尔心渤海欹。
崩溃圮坍情已断，何由辩解皆嘘吹。
赐与一口属镂剑，可到阴曹问是非。”

谗佞陷构太绝伦，君主赐殆天地昏。
赴死不留宫殿内，自应饮剑在军帷。
头颅悬挂城门上，俯瞰越军执丁旗。
溅血英姿犹伟岸，革囊包裹运河西。
军民两岸偷观注，湖水荡荡沉鸥夷。
将士获知皆愤慨，兵卒闻讯尽哭泣。
吴儿饶勇称天下，此刻军心涣散之。
巍峨雄城失浩气，将星陨落万民悲。
吴疆举国哀伤日，正是越人欢庆时[26]。
敬天礼地祭神禹，继行九术范文思[27]。
未合天道难为客，地兆能发众匡持。
乃治人铩维甲器，多修须虑航海夷。
应师伍子重军气，五色行天慎鼎司。
天贵持盈地贵倾，义合三纪羽檄驰。

灭吴步骤因之订，持道运行乃得宜[28]。

首次袭吴殊太子，夫差率众会黄池。

笠泽之战吴师溃，系乘荒灾困鹿虚。

数载更倾全国力，通宵兵至越来溪。

兴师问罪诸条款，首为申胥冤案词。

甲士三千追索地，余杭山下踵夫差。

山中呼唤公孙圣，三应惊知噩梦奇。

不乞涌东养老食，愿埋荒草处卑湿。

临终披发遮眉目，自觉无颜见子胥。

回顾灵岩烟火熄，章华并胜既成灰[29]。

花开花谢总缤纷，宫苑犹呈酷烈馨。

国破君亡灾难至，遭劫最惨属嫱嫔。

上千粉黛成缧绁，押解群芳湖水滨。

数艘舮舡陆续入，满舱抽泣啜咽声。

倚弦端坐风仪美，诸姬依依瑞霭氛。

西子居然亦在此，忧时共难凤归群。

长时默默静无语，淡敛蛾眉忆至尊。

范蠡不知何处去，越君应鄙献吴媛。

寸功谁念为乡国，何去何从置自身？

犹念夫差付国难，承颜十载得情殷。

娱君导致吴宫怨，不意离间帷幄臣。

行素违心只忍痛，各为其主不须论。

凛凛大义惟恭敬，暗将严尊比父亲。

至理诤言堪护国，倡廉杜腐可安民。

当年赐罪实悲愤，但为将军常捧心。

唯我负疚惆怅久，痴看湖水泪漓淋。

玉躯遂逐鸱夷去，如影随形冥靖魂。

化作彩雯映日色，相依明月燮星辰。

年年总似风拂水，漾漾澄波伴浪泯。

春雨连绵西子泪，秋波荡漾浣纱巾。

千年佳丽知多少，谁媲仙容第一人[30]。

年逢八月秋正高，胜景钱塘大海潮。

激水飙风腾骇浪，迎风卷雪起惊涛。

洪波翻滚升千鳌，浡沸驰飞穿万蛟。

赤螭青虬掀天蟜，昂骧娇鳌煽风饕。

山崩倾泻高空雪，云隙横飞天宇雹。

虎啸龙吟惊海吼，鲸鸣鼍鼓恐洋号。

千军万马陷敌阵，隐现将军旧战袍。

涌向海宁呈浩荡，波及诸暨仅浮漂。

银涛一线熙声势，鸿洞回头现翥翱。

昔日沉冤复闹海，曩时怒气仍冲霄。

人生多有不平事，总似悲魂恨未消。

且以香茗并美酒，盐官堤上酹滔滔。

男儿至此合流泪，激起心潮似海嚣[31]。

注　释：

1. 五黄宴：自古以来，苏州人过端午节盛行摆五黄宴。以黄鱼、黄鳝、黄瓜、鸭蛋黄为食材，加上雄黄酒佐餐。据说和天地五行有些关系，可以除湿、利尿、镇痛、健身、驱虫、祛邪等。因近年发现雄黄含汞，有毒性，改为黄酒。此外，民间还流行以"五白"来搭配，即白切肉、白蒜头、白斩鸡、白豆腐和茭白，说是可以降火健胃。

2. 端午节是中华民族传统的民间节日习俗，相传是为纪念诗人屈原。在吴地，人们在纪念屈原的同时，还隆重祭祀古城建造者名将伍员。这位吴国功臣因受谗言被逼自杀，吴王将他的尸体"盛以鸱夷之器，投之于江中"，吴地百姓十分怀念他，"重午以角黍、水团、彩索、艾花、画扇相饷，夏至复作角黍祭"。除了吃粽子，还举行龙舟竞渡。朱彝尊《午日观吴门竞渡》："胜日衔杯罢，轻舟解缆初。尽传迎伍相，不比吊三闾。"吴越地区端午龙舟竞渡起源很早。史载越王勾践灭吴之后悯恤伍员的忠诚，发起此项水上活动。据《曹娥碑》记载，曹娥之父于汉安二年五月时迎伍君，逆涛而上为水所淹的故事，说明汉代江浙一带就流行端午节以水上活动纪念伍子胥。

3. 江南各地历代兴修伍员庙甚多，以苏杭两地最为著名。宋范成大《吴郡志》："伍员庙，在胥口胥山之上，盖自员死后，吴人即立此庙。乾道间复修之。规制犹陋，盘门里又有员庙，即双庙是也。"梁简文帝曾有颂诗"洪涛犹鼓怒，灵庙尚凄清"。所谓双庙，在盘门里城之西隅二庙，左英烈王伍员也，右福顺王隋陈果（杲）仁也。后汉吴郡太守糜豹以伍员之德茂矣，宜当血食此地，将阙然湮灭之武氏旧祠按民间自昔相传为伍员祭享，正式上奏天子正名英烈之号为伍员庙额。

4. 苏州胥口镇胥江边有伍员墓，近年重修庙宇，甚壮观，附属花园亦成规模，称为申庙，每年端午节有隆重的祭祀活动。

九州又名赤县神州。据《尚书·禹贡》记载，大禹治水之后，将古代中国划分为九个地理区域，分别是冀州、兖州、青州、徐州、扬州、荆州、豫州、梁州和雍州，基本上代表了夏、商、周时期古代中国的区划，虽然《尚书·禹贡》可能是战国后期的著作。这里指的是华夏的区域。

楚国八百载，从周成王时代受封的蕞尔小邦，成为成王成显的地域辽阔的大国，有一个发展过程。国君芈姓熊氏，自称祝融之后，祝融吴回为颛顼第三代裔孙，所以是黄帝裔。吴回生陆终，陆终生六子，一曰昆吾，二曰参胡，三曰彭祖，四曰会人，五曰曹姓，六曰季连。芈姓，为楚之先祖。季连后代鬻熊参加过周文王、周武王伐商之战，其后熊绎被封为子爵，是为楚国开国之祖。到了熊通之时，强军扩土，自称楚王，从此走上强盛之途。

楚国王族屈原在其《九歌》中形容楚国祀奉至上神为东皇太一。此神到底为历史上哪位祖先神，学者说法不一。本人以为是指颛顼，为芈姓第五代先祖，所以屈原在《离骚》中自称"帝高阳之苗裔"。

5. 祝融之后的季连，由于和羊图腾的羌族女通婚，以羊叫声为姓，称芈，为芈氏之祖。在往后的发展中，芈氏分出"荆楚十八姓"，有伍氏、屈氏、项氏、兰氏、麻氏、钟氏、左氏、靳氏、景氏、鄂氏、卓氏、能氏、庄氏、慎氏、敖氏、荆氏、上官氏、红氏，都与王族有血缘关系。伍员祖上得从羋分出伍姓，有说法自伍参始。

6. 伍员故土为楚国椒邑，位于现在湖北省监利县黄歇口镇，南临长江，北襟襄水，东跨洪湖，西接江陵。一说，子胥生于今湖北襄阳市老河口付家寨镇。故诗中统用"英雄故土处南襄"之句。

7. 楚庄王登基多年，追求声色犬马，不理朝政而又不听规谏。伍参时任右司马，对王隐喻道，有鸟停于南山之上，时过三载，既不展翅飞翔，又不引吭高鸣，请问何故。庄王笑着回答说：三年不展翅，为了让羽翼长得丰满；不飞不鸣，是细心观察民情事理。此鸟要飞必冲云天，一叫必定惊人！此后勤理朝政，任人唯贤，废止阵章，施行九件新政，国家大治，威震诸侯。伍参即是伍员曾祖父。

8. 公元前528年，楚平王登基执政，任伍员之父伍奢为太子太傅，费无忌为太子少傅。奢忠贞刚正，忌奸佞狡诈。六年后，平王欲为太子娶秦王之妹孟赢，派费无忌前往迎亲。费无忌归来时密告平王孟赢绝美，令楚君动心，听了他的调包换媳之计，将孟赢侍女充公主嫁太子。后来，费无忌又建议平王将太子派往北部边城城父镇守，离间二人父子之情。又过了一年，费无忌怕太子日后继位报复他，对平王谎称太子已知调包事，不满国君，有反意。平王信谗言，一边传伍奢进都被执，一边派人捉太子。无忌说服平王命伍奢二子伍尚、伍员一同进都加害。伍尚愿听命进都陪父死，伍员逃亡，准备为父兄报仇。

9. 对于伍员的逃亡过程，赵晔撰《吴越春秋》记载甚详。先是张弓拒捕，奔宋、郑、晋、周。太子健卷入晋、郑内应之事，被杀，伍员遂奔吴国。沿途遭昭关盘查，江边渔翁救渡、溧阳乞食……艰险备尝。"子胥之吴，乃被发佯狂，跣足涂面，行乞于市"，吹笛吴趋，遇孝子武夫专诸，最后遇吴市吏善相者。善相者曰："吾之相人多矣，未尝见斯人也，非异国之亡臣乎？"吴王僚和

公子光均接待过伍员，终为有预谋取国的公子光接纳。

10. 公元前515年，吴王僚欲以楚葬（楚平王卒）而伐之，使公子掩余、烛庸以兵围楚，使季札出使晋国以观诸侯动态。楚发兵困吴后，吴兵不得还。伍子胥劝公子光抓住此机会宴请王僚，使原先密谋用专诸刺王僚计划得以实行。是日，王僚赴宴，酒肴丰盛，歌舞助兴，席间公子光以疗足疾暂退，刺客专诸趁机进上炙鱼，至王前乃擘鱼取匕首（鱼肠剑）刺入僚胸，僚立即毙命。伏兵拥上尽灭吴王卫士。吴公子光遂得国，国号阖闾。

11. 《吴越春秋·阖闾内传》："阖闾元年，始任贤使能，施恩行惠，以仁义闻于诸侯……乃举伍子胥为行人，以客礼事之，而谋国政。阖闾谓子胥曰：'寡人欲强国霸王，何由而可？'……子胥良久对曰：'臣闻治国之道，安君理民，是其上者。'阖闾曰：'安君治民，其术奈何？'子胥曰：'凡欲安君治民，兴霸成王，从近制远者，必先立城郭，设守备，实仓廪，治兵库。斯则其术也。'"

12. 公元前514年为苏州城（阖闾大城）建城之始。按宋范成大《吴郡志·城郭》记载，作者取汉代赵晔《吴越春秋》之说，当年伍子胥回答阖闾安君治民、兴霸成王之问，提出四术时，阖闾曰："善夫！筑城郭，立仓廪，因地制宜。其有天地之数，以威邻国者乎？"子胥曰："有。"阖闾曰："寡人委计于子。"乃使相土尝水，象天法地，筑大城，周围四十七里。陆门八，以象天之八风。水门八，以法地之八卦。筑小城，周十里，门之名皆伍子胥所制。东面娄匠二门，西面阊胥二门，南面盘蛇二门，北面齐平二门。其中阊、盘二门最重要，阊门以象天门，通阊阖风，又称破楚门。盘门又称蟠门，吴在辰，其位龙也。娄门当时称疁门，面对昆山，当时昆山称疁县。平门又称巫门，纪念贤人巫咸也。伍子胥所建阖闾大城位置所在今有常州无锡交界处雪堰桥附近说法，有木渎为中心的苏州西部山区间说法以及最为传统的即今苏州城旧址未变说法。三说皆有考古出土城基证明。从最早的《越绝书》《吴越春秋》《吴地记》《吴都赋》《吴趋行》《吴郡阖经读记》到《吴郡志》都记载了古伍子胥所修的吴大城（即今苏州城），所在地、方位、城址、城门位置及名称、城垣长度均一致，不容怀疑。当时的古吴大城（即阖闾城）实为东周列国第一大城。左思云："若率土而论都，则非列国之所觎望也。"

13. 干将莫邪故事一是古代神话传说，最早出自汉代刘向《烈士传》和《孝子传》。在志怪小说《搜神记》中演化为神奇故事。实际干将真有其人，为吴越春秋时代干国的著名造剑工匠。当时干国为吴国属国。干将同欧冶子同出师门，在吴国后来的匠门外到葑门外一带的造剑工业作坊造剑。直到近代，那一带尚能见到当年炼剑时的矿渣。传说，干将铸剑时缺少火候，其妻莫邪跳入炉中，造出"干将""莫邪"雄雌两剑。苏州城主马路干将路及与之相交的莫邪路就是纪念这两位伟大的匠人。

14. 穹窿山位于苏州西郊藏书镇南边，主峰箬帽峰海拔341.7米，为苏州市最高峰。兵圣孙武当年隐居之处现称为"孙武苑"，建有"结草建庐"的"孙武草堂"以及刻有"兵法圣地""彪炳千秋"的碑刻和兵圣事迹的展示厅。周围山曲林深、泉水清凉，确实是隐居佳地。

　　《吴越春秋·阖闾内传》："孙子者，名武，吴人也，善为兵法。辟隐深居，世人莫知其能。胥乃明知鉴辨，知孙子可以折冲销敌，乃一再与吴王论兵，七荐孙子。吴王曰：子胥托言进士，欲以自纳。而召孙子，问以兵法，每进一篇，王不知口之称善。其意大悦。"

15. "三师肆楚"，为春秋战史上著名的战例。伍子胥鉴于以吴军三四万之众征伐具有二十万大军的楚国，战前制定了分吴军为三个军团，轮流出击，用千里转战的办法疲惫敌军，消耗其有生力量，最后攻克养地的战略。子胥的建议得到了大兵法家孙武的赞同，将其归结为"肆楚疲楚，攻克养城"。

　　此战的目的，是为清除阖闾政敌王僚二位胞弟掩余、烛庸，以免后患，借以扫除楚军在淮水北岸的势力，为日后破楚扫除后患。战事初期，即是向不归还掩余、烛庸二公子的楚之附属国徐与钟吾兴师问罪。这两国放公

子去楚，楚国庇护之。劈养邑及周围地区使之驻守。因此，吴军千里奔袭，涉淮逾泗，直向东夷。楚国闻讯，派大军救援，待救援军临近，吴兵经东城父向西南转战，佯攻潜六，即今之安徽霍山南及六安地区。楚沈尹戌率兵来救时，吴军又撤走，楚军暂驻南岗，已疲惫不堪，这是孙、伍所分第一军行动战果。然后，吴军第二军团人马自淮水而上，疾引数百里直扑楚之战略要地弦邑，到弦邑之前先攻克夷邑，楚军到，转攻弦邑，待楚军又救弦邑时，吴军又撤走。楚师遂无奈回郢。此时，吴之第三军团直攻养邑（今河南省沈丘县东南），攻城破敌，擒杀了掩余、烛庸二公子。至此，战略目的胜利完成。

16. 豫章之战发生于周敬王十二年（公元前508年）桐国叛楚时，原先被楚吞并之附庸舒鸠被吴唆使劝诱楚国伐桐，说是吴国畏楚，会伐桐自保。楚不知是计，遣令尹囊瓦率兵攻吴、桐。吴军故意将大批船只集中在豫章南部江面，示以守候进攻机会，暗中却将主力潜伏于巢（今安庆、桐城之间）囊瓦松懈陆上戒备。吴军突然从侧后攻击，楚军溃败。吴军尽获其船，回师时又攻占巢城，楚公子繁被俘。经此一战，楚在豫章以东诸邑及其属国尽被吴占有。吴自梦寿迁都改革以来几十年间多次与楚交战于此地。从此，楚国东北部屏障被清除，为日后吴伐郢奠定基础。

17. 柏举之战是周敬王十四年（公元前506年）由吴王阖闾率领三万吴军及唐蔡两国两万军深入楚国在柏举击败二十万楚军主力，趁势占领楚都郢的远程进攻战。据《吴越春秋》载，伐楚前，吴国以楚令尹子常贪婪困辱唐蔡国君，谋取与二国联合，阖闾亲自挂帅，以孙武、伍员为大将，倾全国三万水陆之师，乘船由淮河溯水而上，与唐蔡军会合后抵淮汭（今河南潢川）舍舟登陆。孙武此举是以兵贵神速，出其不意进入楚国腹地，迅速穿越楚国北部大隧、直辕、冥阨三关险隘，直趋汉水东岸。楚王派令尹子常、左司马沈尹戌、大夫史皇等率大军赴汉水西岸与吴军对峙。

沈尹戌建议楚令尹子常领军正面设防，自己则率兵北上，迂回至吴君侧背，至淮汭烧毁吴军船只，断其归路，然后南北夹击吴军。但子常后来贪功冒进，渡水出战。吴军采取后退疲敌、寻机决战的方针与楚军交战，三战三捷。吴军引楚兵入柏举，以阖闾弟夫概为先锋，冲入敌阵。楚军一触即溃，孙武趁势发主力进攻，歼灭楚军有生力量。沈尹戍回防亦败绩。吴军乘胜追击，破敌于雍澨，楚王西走逃亡，郢都遂陷。

18. 范成大《吴郡志·分野》："黄帝分星次，斗十一度至婺女七度曰须女，又曰星纪。於辰在丑，谓之赤奋若，於律为黄钟。""费直分星次，斗十度至女五度为星纪，於辰在丑，吴越分野，属扬州。"

19. 吴越槜李之战：吴王阖闾迁怒于越国，乘吴军征楚之际，袭其城郭，伺越君允常丧事，率军讨越於槜李。两军对峙今嘉兴、黎里、汾湖一带。吴强越弱，越勾践采取主动攻击吴阵不成功，利用罪犯于阵前演绎自杀行为，趁吴军惊骇观睹之时，发兵冲阵。吴兵败退，阖闾中毒矢至陉里而死。阖闾死前，传位于伍员推荐的夫差，嘱咐勿忘越国杀父之仇。

20. 苏州虎丘剑池山石叠嶂，泉水幽深莫测，悬崖上雕刻"风壑云泉"大字。传说阖闾即在水底洞穴中，葬"鱼肠""扁诸"宝剑三千把，以致引来秦皇挖掘云云。

21. 夫椒之战。周敬王二十六年（公元前494年），越王勾践闻吴王夫差欲为父报仇，抓紧练兵，准备攻越，遂不听大夫范蠡劝阻，决定先发制人，出兵攻吴。两军战于太湖夫椒（即苏州东西洞庭山间）。伍子胥以诱敌深入、两翼包围等战术，大败越军。越主力在水上及逃至陆上大量被歼，只剩五千甲士护勾践君臣撤回会稽山中。勾践采取范蠡、文种建议，以财宝、美女贿赂伯嚭，请其劝吴王准许越国附属于吴，保留社稷。伍员不准，夫差不纳伍子之言，与越构和，押解越王勾践夫妇及范蠡回吴为人质。《吴越春秋》载曰："越乃兴师，与战西江，二国争霸，未知存亡。子胥知时变，

为诈兵，为两翼，夜火相应。勾践大恐，振旅服降。"

22.《吴越春秋》："越王谓大夫文种曰：'孤闻吴王淫而好色，惑乱沉湎，不领政事，因此而谋可乎？'种曰："可破。夫吴王淫而好色，宰嚭佞以曳心，往献美女，可必受之。惟王可选择美女二人而进之。'越王曰：'善。'乃使相者国中得苎萝山鬻薪之女，曰西施、郑旦，饰以罗縠，教以容步，习于土城，临于都巷。三年学服，而献于吴。乃使相国范蠡进曰：'越王勾践窃有二遗女。越国洿下困迫，不敢稽留，谨使臣蠡献之大王。不以鄙陋寝容，愿纳以供箕帚之用。'吴王大悦，曰：'越贡二女，乃勾践之尽忠于吴之证也。'子胥谏曰：'不可！王勿受也。臣闻：五色令人目盲，五音令人耳聋。昔桀易汤而灭，纣易文王而亡，大王受之，后必有殃……臣闻贤士国之宝，美女，国之咎。夏亡以妹喜，殷亡于妲己，周亡于褒姒。'吴王不听，遂受其女。越王曰：'善哉！第三术也。'"

23. 象岩，即姑苏灵岩山。吴王纳西施、郑旦后（郑旦早亡，后只留夷光一人），在此大兴土木，越国进大型木材，以至河道壅塞，称为木渎。灵岩山馆娃宫遗址，今为佛土，净土宗著名道场灵岩禅寺西晋时即建成。尚遗有西施井、吴王井、玩花池、琴台、寿亭、龟石，以及山下采香泾等当年旧迹。

24. 销夏湾及近旁之明月湾，均位于苏州西南太湖中西洞庭山（今称金庭镇），为当年夫差与西施度夏之处，亦是伍员练水军所在。

25.《吴越春秋》：吴王乃使太宰嚭伐齐。伍子胥谏曰："臣闻兴十万之众，奉师千里，百姓之费，国家之出，日数千金。不念士民之死，而争一日之胜，臣以为危国亡身之甚。……齐为疾，其疥可；越之为病，乃心腹也。不发则伤，动则有死。愿大王定越而后图齐。"吴王不听，使太宰嚭伐齐。

26. 据《吴越春秋》载："吴王闻子胥之怨恨也，乃使人赐属镂之剑。子胥受剑，徒跣褰裳，下堂中庭，仰天呼怨，曰：'吾始为汝父忠臣，立吴，设谋破楚，南服劲越，威加诸侯，有霸王之功。今汝不用吾言，反赐我剑。吾今日死，吴宫为墟，庭生蔓草，越人掘汝社稷，安忘我乎？'吴王闻之，乃大怒曰：'汝不忠信，为寡人使齐，托汝子于齐鲍氏，有外我之心，急令自裁，孤不使汝得有所见。'子胥把剑，仰天叹曰：'自我死后，后世必以我为忠，上配夏殷之世，亦得与龙逢、比干为友。'遂伏剑而死。是为夫差十二年。吴王乃取子胥尸，投之于江中言曰：'汝死之后，何能有知。'即断其头，置高楼上……"

27.《越绝书·内经九术》："昔者，越王勾践问大夫种曰：'吾欲伐吴，奈何能有功乎？'大夫种对曰：'伐吴有九术。'王曰：'何谓九术？'对曰：'一曰尊天地，事鬼神；二曰重财帛，以遗其君；三曰贵籴粟缟，以空其邦；四曰遗之好美，以劳其志；五曰遗之巧匠，使起宫室高台，尽其财，疲其力；六曰遗其谀臣，使其易伐；七曰强其谏臣，使其自杀；八曰邦家富而备器；九曰坚利甲兵，以承其弊。故曰，九者勿患，戒口勿传，以取天下不难，况于吴乎？'越王曰：'善。'"

28.《越绝书·外传枕中十六》详述越王勾践向大夫范蠡、文种询问"贤主圣王之治"，范蠡回答了"左道右术，去末取实"，执其中和、顺乎阴阳的哲理。越国君臣也重视伍子胥"独知气变之情，以明胜负之道的"相气取敌大数。认为"圣人行兵，上与天合德，下与地合明，中与人合心，义合乃动，见可乃取"。由此制定了最后灭吴的策略。

29.《吴越春秋·勾践伐吴外传》："越王复召范蠡问曰：'吴已杀子胥，导谀者众。吾国之民又劝孤伐吴。其可伐乎？'范蠡曰：'未可，须明年之春，然后可耳。'王曰：'何也？'范蠡曰：'臣观吴王北会诸侯于黄池，精兵从王，国中空虚，老弱在后，太子留守。兵始出境未远，闻越掩其空虚，兵还不难也。'不如来春。其夏六月丙子，勾践复问，范蠡曰：'可伐矣。'乃

伐习流二千人，俊士四万，诸御千人。以乙酉与吴战，丙戌遂虏杀吴太子，丁亥入吴，焚姑苏台。"

《左传》载，哀公二十年，越围吴。留围之三年，吴累败，吴师自溃。遂栖吴王于姑胥之山，吴使王孙骆，肉袒膝行于前，请成于越王，曰："孤臣夫差，敢布腹心。异日得罪于会稽，夫差不敢逆命，得与君王结成以归。今君王举兵而殊孤臣，孤臣惟命是听。"意者犹以今日之姑胥，曩日会稽也。"若徼天之中，得赦其大辟，则吴愿长为臣妾。"勾践不忍其言，将许之成。范蠡曰："会稽之事，天以越赐吴，吴不取。今天以吴赐越，越可逆命乎？且君王早朝晏罢，切齿铭骨，谋之二十余年，岂不缘一朝之事耶？今日得而弃之，其计可乎？天与不取，还受其咎，君何忘会稽之厄乎？"勾践曰："吾欲听子言，不忍对其使者。"吴使涕泣而去，勾践怜之，使人谓吴王曰："吾置君于甬东，给君夫妇三百余家，以没王事，可乎？"夫差辞曰："天降祸于吴国，不在前后，正孤之身，失灭宗庙社稷者。吴之土地民臣，越既有之。孤老矣，不能臣王。"遂伏剑自杀。

《越绝书·外传十二》："越兵追至，兵三围吴，大夫种处中。范蠡数吴王曰：'王有过者五，宁知之乎？杀忠臣伍子胥、公孙圣。胥为人先知、忠信，中断之入江；圣正言直谏，身死无功，此非大过者二乎？夫齐无罪，空复伐之，使鬼神不血食，社稷废芜，父子离散，兄弟异居。此非大过者三乎？夫越王勾践，虽东僻，亦得系于天皇之位，无罪，而王恒使其刍茎秩马，比于奴虏，此非大过者四乎？太宰嚭谗谀佞谄，断绝王世，听而用之。此非大过者五乎？'吴王曰：'今日闻命矣！'"

30. 越陷吴之后，关于西施去向历来有几种说法。其一，范蠡在越克吴之日，即时赶到馆娃宫，接西施，经采香泾入太湖某地。辞官之后，与西子泛舟五湖之上。至今苏州、无锡两地留有蠡口、仙蠡墩等二人活动遗址。这是流行广泛的颇浪漫的说法。其二，被勾践妻执回会稽说，即破吴之后，勾践妻念及吴宫佳丽导致夫差亡国，遂专程赴吴都押解众姬归国监督处理。其三，沉湖说，即勾践夫人大船载吴宫众姬行至湖心，将诸人尽抛水中，以绝后患。唐诗吟西子有"逐鸱夷"之句,意为抛入湖中与伍子胥一样下场。笔者认为,"逐鸱夷"亦可有新解,即西子历来对伍员甚为敬佩,作为政敌有难言之隐和愧疚之感。所以,自行投水追随伍子而去。以此化解凝结于心田的恩怨之情。如此解说,可为吴越春秋两大男女主角复杂关系,增添令人安慰的色彩,或者也符合当年实情呢!

31. 一年一度,阴历八月十八钱塘江潮高峰频至,自古以来,观潮者不计其数,引为天下奇观。江浙两省,自两汉以降,均有伍子胥为潮神说(浙江复将被勾践赐死的忠臣文种敬为潮神)。

《越绝书》最早记载了此传说。"胥见冯同,知为吴王来也。泄言曰:'王不亲辅弼之臣而亲众豕之言,是吾命短也。高置吾头,必见越人入吴也,我王亲为禽哉!捐我深江,则亦已矣!'胥死之后,吴王闻,以为妖言,甚咎子胥。王使人捐于大江口。勇士执之,乃有遗响,发愤驰腾,气若奔马。威凌万物,归神大海。仿佛之间,音兆常在。后世称述,盖子胥,水仙也。"

又,越王勾践灭吴之后,范蠡隐去,对大夫文种之多智谋放心不下,赐文种属镂之剑(即夫差赐死子胥所用剑)。越王葬种于国之西山。"葬七年,伍子胥从海上穿山协,而持种去,与之俱浮于海,故前潮水潘候者,伍子胥也,后重水者,大夫种也。"

钱塘江潮,以海宁最为壮观,有丁桥大缺口"碰头潮",盐官镇"一线潮",盐仓丁字坝"回头潮",以及南岸尚山美女坝的"冲天潮"有名。江边,建有伍子胥庙。

蘼芜曲

——为柳如是所作歌

一水红梨[1]转万梭，更教天下喜绫罗。

麇集廛里兴绸市[2]，鳞次棚廊枕舜河。

终慕桥边归家院[3]，悠悠夜曲舞婆娑。

钗光鬓影红灯里，越姬吴娘讶许多。

最是徐佛颜色美，育成养女赛嫦娥。

娇娥小字唤云娟，玉蕊春风初斗妍。

难得花容绽笑靥，修眉愁蹙惹人怜。

人前怕问族中事，怙恃双失影自单。

软语分明出檇李，鸳湖往事却茫然。

隋堤谁种宫墙柳？万种风情一脉连。

驱毂振缨轻走马，蒲牢梵呗好逃禅[4]。

一从班主结鸾凤，姊妹支撑大乐天。

度曲兰轩轻似水，调瑟画舫水如烟。

柔辉的的蛾眉月，迎照横塘众客船。

吴江故相赛封侯，筑起兰溪十二楼[5]。

唯爱胭脂嫌昼永，美人何惜重金求。

未知烟月牵愁绪，向往陈王梦里游。

择日临风辞古渡，绸裙飘上木兰舟。

林林画栋充华府，灿灿金钗耀粉头。

蕊嫩蜂狂风雨骤，莺愁燕妒故园秋。

黉夜惊心鹦鹉梦[6]，霜天难免逐骅骝。

惩尔放诞能无羁，鬻向阊门讵自由。

姑苏自古号繁华，金锦招牌十万家。

柳影芳塘烟水路，浓歌艳舞彩云槎。

讴歌侠骨思张溥，致祭真娘叹落花[7]。

一日山塘逢俊友，与君倚棹醉流霞。

娄东渌渌朝宗水，船到云间毗日斜。

从此较书兼女弟，青衿红袖共清嘉。

友人酬唱秋潭曲，银月金波悦柳娃。

箫管轻扬南浦云，幽姿照水艳芳尘。

酣歌一曲昆山韵，绮语连篇缱绻吟。

桐凤细描存古意，银筝慢捻减愁鼙。

擎杯玉影空邀月，解佩花香更醉人 [8]。

几社同仁忧国事，咸思君父攀昆仑。

春闱原为蟾宫探，千里负笈秋正深。

赠君金钮双螭镜，明月清华得澹心。

京师霜重官僚地，会馆窗寒寂寞身。

祖饯龙亭情切切，西风残照谷阳门。

冀方行役征帆影，漫水云天望九垠。

临别劝言多意气，亮怀努力竟飞翻。

秦桑燕草相思苦，两情誓言忧兰荪。

华滋南国盘根树，落叶长安待解巾。

吏部阶壅举子步，通州水迥速归心。

盼来携手倚栏日，趣得馨香入梦魂 [9]。

云想衣裳添五彩，花矜姿态伴三眠。

行歌起舞蛮腰瘦，戏笔檀郎男洛神 [10]。

华亭名望尊陈姓，两代贞妇四代绅。

朱子治家唯检点，门楣远望亦森森。

秋风飒飒伴夕晖，余映南园碧草稀。

池畔空垂千缕柳，萧条难绾玉人衣。

绮窗阑夜闻琴语，似怨娇翎胡不归。

双阙一朝幽梦醒，伤情孔雀东南飞[11]。

迷蒙水汽罩吴江，卅里离魂蹭登乡。

幽咽箫歇清郁曲，斗牛无语慰七襄。

片帆漠漠西塘过，葭菼苍苍入渺茫。

独立船头羸弱质，眼前风雨似潇湘。

十间楼在留青琐，姊妹重逢倍感伤。

辗转茸城秀水地，流连红梨绿晓庄。

经年练就河南体，写出缠绵邺下章。

神女神涯非是梦，萦怀苏小过钱塘[12]。

钱塘美景世间殊，毕竟西湖胜舜湖。

十里芳堤拂翠柳，一窗山色媚蘼芜。

西泠桥畔慕才女，油壁香车几萦纡。

风流倜傥黄衫客，慷慨侠情护彼姝。

不系园浮西子水，吟哦弹奏美人斩[13]。

涛笺雅句凝高韵，华翰琅文湛冰壶。

湖上一时夸柳隐，豪门相逐启金屋[14]。

武林贵胄多情种，姬妾名微忤龃龉。

049

因向林泉寻避迹，留心沧浪水清汗 [15]。

佳人无意恋歌舞，常抱钦情吊岳于 [16]。

治经通史列芳卿，坛坫东南独有名。

自负诗才追李杜，长年边氛志廓清。

嫁人愿嫁人如许，造访虞山久寄情。

半野堂闳亲水泮，扁舟翩出俊儒生。

绰约仙子轻盈态，天降麻姑诣蔡经。

和体嬛绵江皋上，淑容艳丽妩媚臻。

明眸皓齿芙蓉面，细启樱唇玉气馨。

谢傅羊公倒履见，芳颜乍睹颇心惊。

分明若耶溪边女，曾令吴阊城国倾。

名噪江南思燕婉，赠诗庄雅感心铭。

东山葱岭姻缘在，国士名姝一代荣。

西席莫比红拂事，自诩穿杨中雀屏 [17]。

是岁海虞早著梅，略回淑气唤芳菲。

香舟载酒迎花去，遥见烟岚笼翠微。

山野忽亮香雪海，粉华绿萼报春晖。

含羞争艳矜颜色，皆令诗人拣句奇。

疏影一枝欹涧谷，独标清韵处幽栖。

凌风濯雨应无待，长傍危崖所见稀。

邀共梅魂尽酒兴，人花相妒复相熙[18]。

盎然生意留君伫，陌上花间缓缓归。

杨柳春风如梦里，相约荔月是佳期。

扣舷鸳浦迷花雾，连夜呵成百韵诗。

碧峤白云寻雁字，钓台江月系相思。

黄山遥噢兰泽水，绕自新安莫怨迟。

九夏天孙先弄巧，寻思何处典婚仪。

当年劳燕分飞地，慰抚伤怀正此时。

寄迹云间称故里，迎亲华舫耀江湄[19]。

解鞲自有催妆句，四首真情颂结褵[20]，

合卺交酌鸾凤醴，坐床结发芙蓉蒂。

天津岁岁蓝桥会，争似人间喜气佳。

彻夜红蜡双照影，幻出鸾鹏漫天嬉[21]。

绛云楼阁叹恢宏，三载金屋始建成[22]。

俯瞰石梅标寺塔，相依桃涧仰峰亭。

七弦绿水皆通海，十里青山半入城[23]。

领袖山林[24] 匪子意，凭栏应悦美人情。

牙笺检点[25] 劳纤指，鼎彝鉴别赖老睛。

度曲良宵娇扮舞，博弈雅室嗔相争。

蛾眉薄病能忧国，日伴夫君好论兵[26]。

烽火烟腾昏北斗，朔方消息总堪惊。

平生勉励东山志，难得臣僚荐帅旌。

崇祯频更五十相，缘何未起此山卿？

家居伉俪牵心日，雷霆轰然陷帝京[27]。

岁序循环遇甲申，金陵王气又浮沉。

留都旧殿葺堂阶，迎立由崧绍北宸[28]。

马阮居功纳百揆，钓禄鬻爵气焰熏[29]。

廿万骄兵淮海镇，三千缇骑秣陵陈。

后庭尤奏前朝曲，金粉融融更可人。

选秀搜优忙碌碌；水流宫外溢香氛。

虑及物议失人望，朝班点缀几东林。

铮铮可法戎旗正，屌屌受之玉鉴清[30]。

清正难匡陈后主，台城柳色笼愁云[31]。

多铎[32] 铁马势排山，绎绎旌旗问楚关。

更有降军添虎翼，沿江顿觉北风寒。

高杰遭赚留遗恨，良玉空营赴九泉 [33]。

千里封江失链锁，维扬史幕倍孤单。

情急钱柳察天险，京口瓜洲一水间。

曾睹韩瓶思劲旅，伏师苇荡灭凶顽。

江东重聚八千子，布阵金焦应可观。

锐气复经红玉鼓，男儿谁个不身先 [34]。

出班奏请期鱼钥，大内沉迷燕子笺 [35]。

应对枰局筹未已，八旗挺过大江南。

龙盘虎踞京畿地，总是偏安阼运残。

巍巍石城终弃守，十门暗淡挂降幡 [36]。

烟雨朦胧烟水凉，秦淮景物变迷茫。

千灯翠阁留空影，十里珠帘剩锁廊。

如是夜寻桃叶渡，轻舟载酒吊沧桑。

香鬓丽影知何去，燕语莺歌忆往常 [37]。

青寄三眠杨柳色，潇湘九畹蕙兰香。

夭娆谁共横波美，卞赛风情妒妥娘。

丽质天生董小宛，牧斋尝助苦鸳鸯。

桃花怎比香君艳？服媚侠情胜孟光。

善舞凌波娇莫比，柳腰纤细茜裙长。

若非戚畹劫舟至，谁为圆圆堕汉疆 [38]。

灯火长桥夜复夜，翩翩来往扫眉郎。

千金难掷侯公子，即兴讴歌效楚狂 [39]。

物换星移日可数，教人怎地不遑遑。

湘兰妆影无从觅，眉月横波隔一方。

莫问香君择隐处，白门侠骨剑摧芒 [40]。

圆空水绘愁如皋，凄切邻人售董糖 [41]。

静夜琵琶忧怨息，玉京已束道人装。

专征箫鼓关山远，罗绮轻骑过大荒。

久愕异俗行雪域，难遣残梦返江乡 [42]。

滇边耻戴王妃冠，郁郁芳魂殁泂塘 [43]。

可叹蛾眉哀故国，恁多姊妹系兴亡。

地圻天崩鼎革初，劫灰惨烈世间殊。

鞑虏铁骑践千里，一任兵燹燎废墟。

血洗扬州连十日，摧残嘉定复三屠。

英雄率土争纾难，敌忾同仇竞举殳。

多士江南浮剑气，三吴执帜悉名儒 [44]。

故人赴义多慷慨，留得英名照泖湖 [45]。

湛湛跨塘桥下水，归真隽影梦中呼。

常揣薪胆抚垂柳，但划楸枰寄远瞿。

澎海楼船期策应，桂林新旅望规图。

河山匡复求韬晦，愁煞虞山老尚书[46]。

管领东风操练时，黄幡猎猎海云低。

舰舸阵势颇神武，金甲银盔耀毓祺。

如是犒劳临岛屿，凭栏检阅浪淘儿。

指挥石政怀绝技，爨演浮潜飒爽姿。

期待延陵收五县，启动江左一盘棋。

舟山回顾远如黛，遥祝择辰早祭旗。

天道不仁偏助纣，袭来龙卷复全师。

狰狞狴犴窥东涧[47]，黄案牵连缧绁之。

琅珰拖曳又囹笼，狱气薰人甚受刑。

整日严鞫常带索，未披苇杖亦相淩。

一筹能展唯知己，将相阿谁畏友朋。

却念御风杨柳树，生机一线卜雕陵。

刀头剑铔从容过，践席兴辞觯礼承。

云树风烟纡雁素，箕风罢煽削芒形。

青溪笛步河房起，寄寓稍安讼系名。

艳羡园林偕市隐，一帘幽梦选苏城⁴⁸。

香闺同庆团圝节，曲院潭光分外明。

借景传神歌造化，烘云托月写丹青。

嘉亭先得结实讯，瑶扇终留待客情⁴⁹。

辛峰高耸望东乡，煜煜昆承通古塘。

远见白茆烟水阔，埠头紧靠芙蓉庄⁵⁰。

田苗荟蔚昭庭院，树木蓊然荫草堂。

端委缙绅系舅祖，少时课业此间藏。

绛云一炬逢回禄，个里栖身慰感伤。

罹难尤知情爱笃，遭灾更惜典籍亡。

翳枝纤指撷红豆，倩影毫端画白杨。

击节山歌应励志，里仁风俗亦流芳。

悲弦常拟广陵散，警句多为急就章。

淮海放船岂叙旧，普陀登渡借烧香。

年年过观崇明岛，指望樯舻入大江⁵¹。

村夜更深方入梦，斯乡雷雨正猖狂。

鼙鼓隆隆震海虞，闽师忽地拥通衢。

山呼海应连南北，瞿师军旗过两湖 [52]。

昔日督军皆反水，三藩款语解踌躇。

运筹帷幄钱麾在，翕硕东林果丈夫。

娘子尽橐蒐一旅，轻装闪亮女戎襦。

镇江桴鼓学红玉，执戟肩旁是阮姑 [53]。

卧子居然身未死，引军数万起东吴。

雄风飘髯添儒雅，犹有诗情赞蘼芜。

烽火连天形势美，群雄北进指皇都。

域中应笑多尔衮，逃窜辽东变鼠狐。

幽燕遗民嚰泪水，壶浆箪食道旁呼。

呼声惊醒香闺梦，报晓荒鸡类号乌。

春尽江南花事了，凌晨梦断倍空虚。

兵归台岛军威挫，王晏滇池士气沮 [54]。

天色溟蒙增惨淡，皇乾不眷奈何无。

尘累难收总役身，胡天雪压玉麒麟。

教人寻味西来意，兰若频传钟磬音 [55]。

能识六如悲梦幻，方疑四住压凡尘 [56]。

缁衣裁定莲花状，鬒发剪除烦恼因。

绣影长斋经数载，佛陀利乐有情人。

前生合是菩萨女，所颂梵经如我闻。

修证何时尽了义，不除妄想不求真。

八功德水周遭在，一乘菩提心上陈⁵⁷。

注就楞严⁵⁸临大限，夫君终入解脱门。

经纶庶绩舆人议，韬晦屈栖殊可钦。

一代风流矜美眷，终生遗憾远丝纶⁵⁹。

尚书捐馆无宁日，族众汹汹为索金。

荣木楼头何计是？香魂袅袅上苍旻。

蛾眉一死靖家难，痛煞闺媛国士心⁶⁰。

拂水崖前秋水阁，河东道帙得长殡。

湖光艳映花模样，山色温存玉精神。

结伴来寻埋玉处，琴河伐棹正逢春。

赋诗数过真娘冢，酹酒还期锦树林。

自古虞山多胜迹，如今岂少美人坟。

抚今思古空惆怅，一曲长歌作祭文⁶¹。

拂水丹崖半染苔，尚湖远望几萦回。

碑铭还籍时人誉，芳冢奈何岁月催。

黄土一抔幽怨息，红尘千载颂歌来。

蘼芜香影无从觅，化作梅魂柳絮徊。

郁郁松楸浸绿苔，泠泠溪水磊间回。

荒芜草蔓寒风疾，寂寞花痕冷露催。

县令怜香葺陇竣，名媛仰隽赋诗来。

词情缱绻多觞咏，宛似陈王洛上徊。

陇岗芊蔚点苍苔，侠气依稀绕树回。

墓主犒师赀赍尽，庄生说剑自然催。

狂涛既卷黄樯没，绮梦犹温红玉来。

想象当年巾帼志，青天碧海缙云徊。

岚烟润透路边苔，亭上一联淑气回。

纤柳才情张子启，夭桃风韵早春催。

诗笺好对梅魂语，玉魂犹随月影来。

雨梦鹃声隔世久，尚留英彦共低徊。

注　释：

1. 元末富商沈万山为爱妾置别业于盛泽，庄园临水，多植红梨树。"一树红梨"遂多见于明清诗文中，盖指盛泽古镇也。柳如是在诗歌中曾用薛涛典，以"一水红梨"自称。

2. 古镇盛泽在明成化改机后形成繁荣的绸市。东白荡和西白荡之间有市河

贯通，河两岸数里棚廊为商贾云集之所。

3. 归家院又称十间楼，位于盛泽终慕桥（后称柏家桥）北。《盛湖志》所称盛湖八景之一———"凌巷寻芳"即指斯区。明末名妓徐佛为班主，张轻云、宋如姬、梁道钏等亦落籍于此。柳如是初为徐佛养女，从家乡嘉兴携至盛泽，自幼聪慧异常，琴棋书画，诗词歌赋，才华超群。

4. 如是身世之谜至今难解。所用名就有杨爱、杨朝、婵娟、美人、隐雯、如是、糜芜、河东君、我闻居士十余个，其中名、字、号先后使用。纽绣撰《觚賸》柳如是条云，"河东君柳如是，名是，一字糜芜，本名爱，柳其寓姓也。丰姿艳丽，翩若惊鸿。兴狷慧，赋诗辄工，尤长近体七言，作书得虞、褚法"。陈寅恪先生考证她十六岁所作之《听钟鸣》《悲落叶》，是自抒身世之感。可注意者，此二题均以梁武帝太子萧综所作词旧题，萧综封豫章王，亡国之后落发为沙门。有钟鸣落叶之感的杨爱父辈是否有类似萧王之身世呢？历来研究者有以将军贵胄、情僧雅士之风流遗裔视之，然绝少根据，推测而已。

5. 周道登，字文邦，吴江人，崇祯初与李标同入阁。放归后五年而卒。其间由嫁于其兄徐佛荐杨爱至周府为婢妾，得道登喜爱。据陈子龙（卧子）和宋征璧所作之《秋潭曲》，可见其到周府后受宠、遭妒、被诬、放逐之经过。按时间推算，杨爱在周府时间应为崇祯四年到五年春上，后在苏州阊门流寓半年多，是年秋去松江，故《秋潭曲》中有"较书婵娟年十六，风风雨雨能痛哭"之句。

6. "夤夜惊心鹦鹉梦"之句，用杨贵妃典故，意指遭多嘴多舌者陷害其偷情之事。莺愁燕妒之遭逢给年少的杨爱留下了痛苦的记忆。

7. 杨爱逗留山塘时，尚未遇张溥，但来往山塘的她一定对《五人墓碑记》

的作者有所景仰，奠定了日后相知的基础。记载又有她到虎丘凭吊真娘，甚至有死后葬真娘冢旁的意愿。《觚滕》中说如是于崇祯九年重归盛泽归家院时，张西铭访徐佛未遇，遂携其徒杨爱至垂虹数日。这也是其"日侍骚雅钜公，杨扢古今，吐纳珠玉"得以提升文思词气的又一机缘。更有影响的是她的择偶标准"唯有博学好古，旷代逸才，才愿从之"。对三吴之间簪缨士绅，膏粱纨绔视为木偶伧父，绝不委身。

杨爱易姓为柳亦在此时，陈寅恪先生认为这可能受了太白乐府《杨叛儿》一诗的影响，易杨为柳，影怜名为"隐"。原诗为："君歌杨叛儿，妾劝新丰酒。何许最关人，乌啼白门柳。乌啼隐杨花，君醉留妾家。博山炉中沉香火，双烟一气凌紫霞。"云间诸君子多引古乐府《杨叛儿》赠诗杨爱，叛儿也成了她的别号。

8. 卧子与如是爱情关系从相识到结束大约四年光景。崇祯五年春，他们相见于姑苏，陈有"妖鬟十五倚身轻"诗句，可见是侠邪中相逢，决定了柳如是从倚桌山塘到移居云间，投奔几社诸君的行动。这是她"挟沧溟之奇而坚孤栖之气"的开始。

《陈子龙诗集》卷八《秋潭曲》自注："偕燕又让木，杨姬于西潭舟中作。"白龙潭在府城面谷阳门外……"花晨月夕尚有游人，箫鼓画船，岁时不绝。"可注意者，此时陈子龙尚称如是为杨姬，可见尚未将她当情人看。当时她就住在白龙潭舟中。当她随几社陈、宋、李诸君一起移住南门外阮家巷陆氏南园，与他们一道宴集唱和之后，与他逐渐加深了感情，直到同居。这可能是陈子龙赴京会试失败回松江之后之事。

9. 卧子于崇祯六年秋季与尚木一同赴京，翌年春闱落第约大半年时间。许多离情别绪之作多见于两人诗集中，如陈子龙《尝蜡梅》《旅病》，如是《戊寅草》中《送别》《五日雨中》《遥夜感怀》《怀人》等首。陈子龙吟出"一朝媚帝里，婉姬先春期。微物欣所托，令人长相思"。柳如是有"轻篸弱月今难度，长留横秋止自知，我爱羁怀如大阮，临风容易得相思"的句子。

10. 河东君作《男洛神赋》，学者推测其作于崇祯七年秋冬她与卧子情好笃挚之时。其序："友人感神沧溟，役思妍丽，称以辨服群智，约术芳鉴，非止过于所为，盖虑求其至者也。偶来寒淑，苍茫微堕，出水窈然，殆将感其流逸，会其妙散。"此友人一定是富有才情、过从甚密者，非子龙莫属。卧子喜称如是为水仙洛神。汪然明亦有"美女疑君是洛神"之句。

11. 河东君于崇祯八年首夏离开南园及南楼，移居横云山之麓。同卧子有如此深情的如是出现孔雀东南飞的悲剧，主要是祖母、母亲及夫人的阻挠。是年秋深，劳燕分飞。别后，两情依依，有许多感物怀人之作。河东君《梦江南·怀人》二十首之一："人去也，人去梦偏多，忆昔见时多不语，而今偷悔更生疏。梦里自欢娱。"陈子龙《双调望江南·感秋》："思往事，花月正朦胧。玉燕风斜云髻上，金猊香炉绣屏中。半醉倚轻红。何限恨，消息更悠悠。杨柳之眠春梦杳，远山一角晓眉愁。无计问东流。"

12. 柳如是重归盛泽，卧子曾借故送别，同舟过西塘后，乃分别往嘉兴与盛泽。"斗牛无语慰七襄"句，是说牛郎织女是被迫分离之意。此后两年中如是行迹不定，嘉兴、嘉定、杭州均曾往还。此时期所作《懊侬词》末段："倚栏此去是谁家？青漆楼西苏小路。钱塘花月最可怜，满目荒凉锁深雾。只有回心与懊侬，黄昏日暮闻空啼。回身不见桃花丝，独向胭脂泪如雨。"柳如是于崇祯十二年秋季曾游杭州，汪然明《春星堂集》卷三游草："余元出游，柳如是校书过访，舟泊关津而返……"他在秋游杂咏自序中记载了柳造访未遇的时间。

13. 柳如是再过西湖是崇祯十二年，借居汪然明"桂栋药房"。汪然明为寓居杭州富有文才的富贵大家，多购置别墅及画舫，慷慨好客，乐于助人。钱谦益为他写墓志铭云：量博而志渊，几沉而才老。其热肠侠骨，囊囊一世之志气，所至公卿虚席，胜流敛集，漉囊之僧，西泠之妓，靡不擎箱捧席，倾囊倒度，留连不思去。他的画舫有十余艘大小不一，最有名的是"不系园"，传说为陈眉公题，董其昌称谓"随喜庵"。

钱谦益《留题湖舫》："湖上堤边舣棹时，菱花镜里去迟迟。分将小艇迎桃叶，偏采新歌谱竹枝。杨柳风流烟草在，杜鹃春恨夕阳知。凭栏莫漫多回首，水色山光自古悲。"此诗是江山易姓之后游湖所作，寄托了兴亡之感和对柳如是曾逗留湖上的怀念。

14. 西湖之山光水色，树影花烟，令柳如是烟水相闻，临湖放眼，歌咏无终日，所作佳作，传留湖上。她自己以"一树红梨"自况，野桥丹阁，春气虚无，不免有西泠情恨、美人迟暮心绪。然杰作也自然多了起来。

现摘录其《西泠十首》之一，于次。

西泠月照紫兰丛，杨柳丝多待好风。

小苑有香皆冉冉，新花无梦不濛濛。

金吹油壁朝来见，玉作灵衣夜半逢。

一树红梨更惆怅，分明遮向画楼中。

柳如是居西湖时与汪然明信函三十一篇，由汪整理为《柳如是尺牍》付梓。行文清婉流丽，辞旨精妙，以奇文誉满江南。然明曾请旅居西湖之福建才女林天素作序。此序行文清丽流畅，集才情、妙语、美韵与幽默于一体，亦可从中想象林雪之为人也。因涉及如是，兹录于下：

余昔寄迹西湖，每见然明拾翠芳堤，偎红画舫，徜徉山水间，俨然黄衫豪客。时唱和有女史纤郎，人多艳之。再十年，余归三山，然明寄视画卷，知西泠结伴，有画中人杨云友，人多妒之。今复出怀中一瓣香，以柳如是尺牍寄余索叙。琅琅数千言，艳过六朝，情深班蔡，人多奇之，然明神情不倦，处禅室以致散花，行江皋而逢解珮。再十年，继三诗画史而出者，又不知为何人？总添西湖一段佳话。余且幸附名千载云。

15. 如是西湖之游意在结束神女生涯，想借重黄衫豪客的慷慨侠情及广泛交游为之阅人择婿。作为"天下风流佳丽"的她绝非以一般富贵之家、豪绅名门为藏娇之所，而期望有一位才华盖世，德高望重，令其敬重热爱之人，

清襟与和风相扇。她给汪然明的尺牍第四札中云："接教并诸兄贶，始知昨春宵去矣。天涯荡子关心殊甚，紫燕香泥，落花尤重，未知尚有殷勤启金屋者否？感甚。刘晋俞云霄之谊使人一往情深，应是江郎所谓神交者耶？某翁愿作交甫，正恐弟仍是濯缨人耳。一笑！"柳如是知道她和刘状元晋卿不过是远隔云霄的神交之谊罢了，用今人之语：没戏。如谢象三那样有钱有势，人品却粗俗卑劣的人纠缠不已，也令其伤透脑筋，因求另找一清净之处，寻求避迹。

16. 如是《湖上草》诗集中收有《岳武穆祠》及《于忠肃祠》两首，讴歌岳飞及于谦，这既表达了她对精忠报国英雄的怀念，也表达了对时事的关心，希望有岳飞、于谦这样的身帅幽并扶风儿挽救时艰。所以有"海内如今传战斗，田横墓下日堪愁"的警句。在河东君身世飘零、疾病缠身的状况下，有此深情大义的愁城真令人感佩。

17. 钱谦益，字受之，号牧斋，晚年号东涧遗老。常熟人，明万历三十八年进士及第，官礼部右侍郎，为东林党领袖，身受党祸，革职南归。著名政治家、学者、诗人。他一扫明前后七子泛滥文坛的拟古之风，主张诗文本性情，导志意，关心现实，开有清一代诗文新局面。其作品气势雄浑，沉郁苍凉，有大家格局。言其为明诗第一，应不为过。

柳如是于崇祯十三年十一月乘舟到虞山。朱子暇、姚叔祥、惠香（黄媛介？）等与其接洽，将她介绍给钱牧斋。她乔装打扮为"幅巾弓鞋，著男子服"，出现在半野堂，一时传为佳话。柳如是的"见面礼"是奉赠长句一首：

> 声名真是汉扶风，妙里玄规更不同。
> 一室茶香开澹黯，千行墨妙破冥濛。
> 竺西瓶拂因缘在，江左风流物论雄。
> 今日沾沾诚御李，东山葱岭莫辞从。

一代佳人之明眸皓齿，文采风流，令这位东林耆宿不禁倒屐奉迎，随即唱和：柳如是过访山堂，枉诗见赠，语特庄雅，辄次来韵奉答：

> 文君放诞想风流，脸际眉间讶许同。
>
> 枉自梦刀思燕婉，还将博士问鸿蒙。
>
> 霙花丈室何曾染，折柳章台也自雄。
>
> 但似王昌消息好，履箱挈了便相从。

乍见面，钱谦益就以卓文君比如是之美之情，肯定司马相如与文君的恋爱关系，又援"王昌只在此墙东"诗句典故，表达相爱之心。牧斋年六十得年二十四柳如是之青睐，难怪他情不自禁地以国士名姝，白发红颜之目讴歌不已。

18. 崇祯庚辰冬，如是始过虞山，钱谦益用十天时间筑成"我闻室"让美人居住，留之度岁。这年春节，常熟气温可能较高，梅花竟然早开，从《东山酬和集》中可知，除夕之夜牧斋山庄探梅之诗。大年初二，两人特地去拂水山庄，时春条乍放，梅花半开。牧斋和如是均借韵十灰吟诗如次：

> 牧翁：　东风吹水碧于苔，柳屧梅魂取次回。
>
> 　　　　为有香车今日到，尽教玉笛一时催。
>
> 如是：　山庄水色变轻苔，并骑亲看万树回。
>
> 　　　　容鬓差池梅欲笑，韵兴约略柳先催。
>
> 　　　　丝长偏待春风惜，暗香真疑夜月来。
>
> 　　　　又是度江花寂寂，酒旗歌报首频回。

余于此特作涧谷歊梅之咏，以其清幽之质，凌崖之态，颂柳如是此后生平遭逢也。伊到常熟未几日，即有拂水山庄之行，谁能料廿三年后竟长眠于此，令人不禁泫然。

19. 钱谦益和柳如是于崇祯十四年正月中旬离常熟相约赴苏州游虎丘，再至杭州游西湖。因身体不适，柳不能同登黄山，到了嘉兴，即分手，柳去松江，钱独自去杭州。在嘉兴南湖舟上，牧斋写了著名长诗《有美颂》歌咏柳如是的美貌与才华真是"乃赋千言长句，以答河东君之厚意，并致其相思之情感

及重会之希望也"。牧斋离杭州去齐云山，取道富春江，经严子陵钓台，到
了黄山沐御汤，留题四绝句并寄如是。柳如是亦作了和章四首，其第四首为：

> 旌心白水是前因，靓浴何曾许别人。
>
> 煎得兰汤三百斛，与君携手祓征尘。

20. 据《柳如是年谱》记载，钱柳于崇祯十四年六月七日在云间芙蓉舫上行
结缡礼。云间，松江古称，这里可是柳如是与陈子龙相爱又离别之地。决
定于此处迎亲应是柳如是的决定。想来她的思绪一定很复杂。

21. 牧斋以匹配之礼迎娶河东君，"箫鼓遏云，兰麝袭岸，奇牢合卺，九十
其仪"。老新郎喜作《合欢诗》《催妆诗》各四首。这些宠爱有加的表现，
以致遭到维护封建礼法的绅士们的沸焉腾议，竞相攻讦。

　　合卺，古时结婚喝交杯酒时，各执一瓠分成的一半进行。所以合卺即
成婚之意。鸾凤醽，指夫妻所饮之交杯酒。

22. 崇祯十六年末，绛云楼落成。该建筑枕峰依堞于半野堂后，估计离虞山
门不远。构楼五楹，房栊窈窕，穷丹碧之丽。钮绣云："大江以南，藏书之家，
无富于钱。……牙笺宝轴参差充牣其下，汲古雕镌舆致其上。"夫妻日夕唔对。

　　钱牧斋题匾曰"绛云"取自《真诰》：绛云仙姥下凡，仙好楼居之意。
顾苓《河东君传》载："君于是乎俭梳靓妆，湘帘棐几，煮沉水，斗旗枪，
写青山，临墨妙，考异订讹，间以调谑，略如李易安在赵德卿家故事。"

23. "七弦碧水皆通海，十里青山半入城。"引自明吴地诗人沈玄《过海虞》诗。
原诗如下：

> 吴下琴川古有名，放舟落日偶经行。
>
> 七溪流水皆通海，十里青山半入城。
>
> 齐女墓荒秋草色，言公家在旧琴声。
>
> 我来正值中秋夜，一路吟诗看月明。

24."领袖山林"之句令钱谦益充满了苦涩与怨怼。原来阁老周延儒于崇祯十二年冬曾访问常熟，钱宗伯热情接待，指望他能援之入阁。谁知同为东林党人的周延儒对钱一向嫉贤妒能，在游览梅花盛开的拂水山庄时对身边人说："虞山正堪领袖山林耳。"暗示钱谦益还是在家乡寄情山水吧，你的才华适合做个"在野党"的领袖。钱为此有诗吟云：

> 庙廊题目片言中，准拟山林著此翁。
>
> 客至敢论床上下，老来只辨路西东。
>
> 延登尽说沙堤好，刺促宁怜阁道穷。
>
> 千树梅花书万卷，君看松下有清风。

25."牙签检点"，检阅古籍。善本书护套用骨签别扣，谓之牙签、牙笺，盖指古籍也。如是博闻强记，记忆超人，图书校对，典故查索，为柳是问。

宗伯为诗文大家，被世人誉为"当今李杜"，绛云楼落成后，真可谓夫唱妇随，吟披之好，正相匹敌。牧斋诗气骨苍峻，如是句幽艳秀发，各据所长，旗鼓相当。宗伯有诗形容瑶窗琴和雨韵的情景："争先石鼎搜联句，薄怒银灯算劫棋。"柳如是之警慧与娇嗔跳跃纸上，可谓林黛玉之原型也。

26. 有牧斋诗为证：

> 东虏游魂三十年，老夫双鬓更皤然。
>
> 追思贳酒论兵日，恰是凉风细雨前。
>
> 埋没英雄芳草地，耗磨岁序夕阳天。
>
> 洞房清夜秋灯里，共简庄周《说剑篇》。

柳如是一向体弱多病。还是在崇祯十二年、十三年，她给汪然明的书笺中就多次提到自己的缠绵痗疾，如："余扼腕之事，病极不能多述也。""弟抱病禾城，已缠月纪。及归山阁，几至弥留。"新婚燕尔至绛云楼落成近三年间，有两年病恹恹的，经常卧床。虽然是赢弱多病之躯，仍不忘天下安危，常伴夫君谈兵论剑，甚至一齐考察古战场。所以钱谦益的诗中赞她"闺中病妇能忧国""闺阁心悬海宇棋"。

27. 陈子龙给牧斋的信函中称道："阁下雄才竣望，薄海具瞻，叹深微管，舍我其谁？"称其为世人仰望的挽救时艰的统帅之才。可惜，崇祯一朝用了五十名宰相，始终未用他。

崇祯末年，局势到了危顿之时，牧斋有了被起用的机会。沈中书廷扬出使莱州时，曾上疏荐牧斋开府莱登、巡抚山东。当周延儒一死，他又认为东山再起的时候终于到了，特赋诗表态："衰残敢负苍生望，自理东山旧管弦。"

崇祯十七年，马士英曾上疏荐钱谦益开府江浙，自己据江北，史可法经营长江中上游，遂在长江流域形成鼎力之势，以援蓟北中原。据云三月初十已"赐环"，而邸报尚未发鼎革至，大厦倾。

28. 李自成攻陷北京。崇祯于崇祯十七年（1644年）三月十九日吊死煤山。这一天标志着大明王朝的覆亡。

29. 甲申之变后，不同的政治力量聚留都谋立新主。以史可法、钱谦益为首的东林党人想拥戴潞王常淓登基，而凤阳总督马士英联合阮大铖抢先迎立流亡淮南的福王由崧监国，并于四月十五日草率接皇帝位。比起潞王喜文好学，福王性弱，湛于酒色声伎，绝不是中兴之料。而马阮借拥戴之功，卖官鬻爵，报私憾为事，失去了反清复明的大好时机。

30. 是时淮北四镇为黄得功、高杰、刘泽清、刘良左统辖。史可法以为扬州藩屏。四藩军队均为骄兵悍将，御敌不足恃，扰民胜于盗贼，且常内讧。

在南京弘光政权中，史可法虽以大学士身份督师扬州，承担了江北防务重任，但受马士英处处掣肘，无实际兵权，其惨淡经营的江北防线十分脆弱。钱谦益由于曾经参与谋立潞王活动，也仅受礼部尚书兼翰林院侍读学士，协理詹事府，不像王铎那样由于和朱由崧有旧得为宰相。

31. 陈后主，名叔宝，为南陈末代君主。即位后荒于酒色，不恤政事，日日与嫔妃狎客游宴，好词曲，谱新声命歌伎演唱，著名者有《后树玉庭花》等。

江雨霏霏江草齐，六朝如梦鸟空啼。

无情最是台城柳，依旧烟笼十里堤。

此处演为"台城柳色笼愁云"，不啻吊古伤今耳。即借韦庄之作以为小朝廷不免覆亡命运，亦暗示柳如是是在南京目睹弘光君臣荒淫无耻下场可悲的愁怀。

32. 多铎，努尔哈赤十五子，多尔衮同母弟。能征善战，掌正蓝旗。入关后率部下洛阳、开封，攻陷潼关，于1645年3月中旬挥师南下，指挥八旗主力利用弘光朝廷江北千里空营的形势，围扬州、夺镇江，进南京受降。兵锋所向，诛杀不已，有"扬州十日""嘉定三屠"惨案发生。

33. 高杰为江北四镇中最勇敢善战之将领。1645年年初，他接受史可法的调遣，从驻地徐州出发，向西进军，以抵御多铎兵马犯洛阳、开封间军事要地。但遭到与之有宿怨又表面和好的许定国总兵的毒手。其后，高杰部下起兵报复，许定国投降清军，史可法重新整顿高杰军的失败等。

左良玉大军住武昌，由于马阮腐败专权及扣留军饷，听信属下假造的太子求援信内容，挥军东下准备清除马士英势力，至九江病危逝世。其结果是马阮急调黄得功、刘泽清等西御左军，造成扬州空虚，史可法惨淡经营的江北防线面临解体局面。

34. 江北千里空营，豫王兵马分三路南下，沿途未受到什么抵抗，反而招降纳叛扩充了实力。五月十三日，他抵达扬州完成了对孤城的包围。这期间钱谦益奏请援扬，并抗疏请自出督兵，结果是"蒙温旨慰留而罢"，他用"刺闺痛惜飞章罢"的诗句记载了此事。

钱柳考察京口其实是在崇祯十四年冬月，当时病况依然的柳如是伴牧斋泊舟镇江，巡视金焦两山，想象着当年韩世忠携爱妾梁红玉风前桴鼓，

大灭金兵的英雄业绩。牧斋并不是纸上谈兵的书生，他既重视考察古战场，总结前人作战的实况，又广泛联络掌握兵权的将帅，以期进用之后发挥作用。

35.《燕子笺》为佞臣阮大铖的著名剧作，明清之际曾脍炙人口。孔尚任的《桃花扇》描叙马阮荒淫奢侈行径时，有李香君拒演女主角抗争的剧情。

36.《清史稿四·世祖本纪》："丙申多铎师至南京，故明福王朱由崧及大学士马士英遁走太平。忻城伯赵之龙，大学士王铎、礼部尚书钱谦益等三十一人以城迎降。"

南京陷落，社稷不存。以堂堂东林耆宿身份的钱谦益不能死节而率众投降为人所诟病。《牧斋遗事》载："乙酉五月之变，柳夫人劝牧斋曰：'是宜取义全大节，以副盛名。'牧斋有难色，柳奋身欲沉池中，牧斋持之不得入。"此情节广为流传。考牧斋不能殉节的原因，历来说法不一。说他贪生怕死者颇多；说他留恋美妾者有之；有的学者据他给常熟县令的信函应献城以保存城内百姓，免遭扬州等地屠城之灾，认为他是从保护南京市民生命的大局出发，不得已为陷自身于二臣身份。更有人认为他是以反清复明的领军人物自诩，他是江南士人，众望所归，又和郑成功有师生之谊，加上另一门生在西南瞿式耜拥有反清力量。由他联络，出谋划策，舍我其谁！这是他得到如是谅解和敬重的真正原因。后来他们夫妇的所作所为也证实了这一点。

37. 余在此讴歌秦淮旧事无关风月。盖欲以群芳之艳，衬托如是之美；而诸姬之苦难遭逢又多集中于河东君一身呈现。鼎革之际，众蛾眉故国情怀应令男儿赧颜矣。

38. 秦淮八艳属名有不同的说法。按说柳如是并未落籍南京，只是弘光朝一年多时间随夫君居此，非名妓身份。但也有人认为秦淮八艳是指这一时期在南京活动生活的八位佳丽，她们先后在歌舞楼榭待过，柳如是也不例外，其他诸姬名为：李香君、马湘兰、郑妥娘、卞玉京（赛赛）、董白（小宛）、顾横波（顾媚）、寇白门（寇湄）、陈圆圆（畹芬）。

崇祯年间田妃专宠，其父田弘遇骄悖傲世，为维持家族特权专程下江南强掠美女谄媚圣上。皇后周氏为苏州籍，亦靠其父周奎到苏州寻佳丽以对抗田戚。畹芬、宛叔等均为外戚势力抢掠。吴梅村诗里提到的"莫将蔡女边头曲，落尽吴王苑里花"即指此事也。

39. 南京贡院地近秦淮，扫眉才子、多情文士常步过长桥吟风弄月。慕八艳之名而来者多是豪门公子哥兼风雅之士，如侯恂之子侯方域之流。这位《桃花扇》作者孔尚任笔下的四大公子之一，当时已阮囊羞涩，然而能得到花魁李香君之爱，亦恃其才名耳。

40.《板桥杂记·珠市名妓门》："寇湄，字白门。钱牧斋诗云：'寇家姊妹总芳菲，十八年来花信违，今日秦淮恐相值，防他红泪一沾衣。'则寇家多佳丽，白门其一也。白门娟娟静美，跌宕风流，善画兰，粗知拈韵。……十八九时为保国公购之，贮以金屋，如李掌武之谢秋娘也。甲申三月，京师陷，保国生降，家口没入官。白门以千金予保国赎身，匹马短衣从一婢而归。归为女侠，筑园亭，结宾客，日与文人骚客相往还，酒酣耳热，或歌或哭，亦自叹美人之迟暮，嗟红豆之飘零也。"

41.《影梅庵忆语》言董小宛死于顺治八年正月二日。似乎真有其事。时人已传说其被清兵劫掠之事。长久以来，多以为顺治爱妃董鄂妃即小宛，是耶，非耶，众说不一。

余九十年代初赴如皋招生，曾参观水绘园，冒辟疆、董小宛一些遗迹还在，周边街市竞售董糖，睹物思人，于此园人去楼空之感尤甚。

42. 明末苏州诗人叶襄有"酒垆寻卞赛，花底出陈圆"之句，足见卞赛赛和

陈圆圆在崇祯末年俱为苏州负盛名的佳丽。余年轻时在梁溪旧书肆购得《吴诗集揽》，始知梅村与卞赛赛恋情始末。骏公形容她："所居湘帘棐几，严净无纤尘。双眸泓然。"是一位艳美多姿、善琴能画、谐谑间作的美人，与钱柳关系也密切。可惜红颜命薄，婚恋屡失败，终入空门。死后葬无锡惠山锦树林。余居惠山多年，寻锦树林不果。曾作诗一首，追忆如下：

> 凤昔香萦锦树林，青山郁郁竟难寻。
>
> 松风萧飒生幽响，溪水潺湲似怨音。
>
> 但见白云栖梵宇，由思红泪塞飯心。
>
> 劝君莫问情归处，应念骏公一再吟。

43. 被誉为"声甲天下之声，色甲天下之色"的陈圆圆，生于苏州浣花里，以色艺双绝、容辞娴雅、花明雪艳、眸光炯照、名满吴中。冒辟疆形容她"其人淡而韵。盈盈冉冉，衣椒茧，时背顾湘裙，真如孤莺之在烟雾。咿呀嗣咻之调，乃出之陈姬身口，如云出岫，如珠在盘，令人欲仙欲死"。外戚田弘遇掠之京城进于崇祯帝。帝正为国事焦头烂额，无心临幸退还之。在宴请吴三桂时两人相遇，一见倾心，即行聘礼。闯王入京遭掠劫，遂发生"冲冠一怒为红颜"，借清兵复仇剿闯之变。吴三桂镇云南封王，陈圆圆以身出歌伎拒戴妃冠，未几出家，终于投观音寺池中谢世。

44. 《剑桥中国明代史》有专门章节阐述长江下游地区抗清活动，指出这种抵抗在四个地区最为活跃：（1）苏松三角洲东北的高度商业化地区；（2）苏州西边和东南边的太湖和泖湖地区，这里便于行动与隐匿；（3）南京西南宁国与休宁之间的山区通道；（4）江西东北部，这里住有许多明宗室成员。

乙酉、丙戌、丁亥三年内，江南诸君子各以其职其身殉国者，节义凛然，多为几社、复社领袖人物。如史可法、杨廷枢、侯峒曾、黄淳耀、夏允彝、黄道周、杨廷麟、万元吉、张国维、吴易、吴应箕、杨文骢、张煌言、瞿式耜、张同敞等。

45. 陈子龙系东林后劲与复社相呼应的几社领袖，以复兴绝学相期勉，以文章气节相砥砺。鼎革后投笔从戎，参加和组织抗清复明活动。最后联络苏松提督关胜兆等谋结兵太湖举事，事变被俘。江宁巡抚土国宝等亲自审问，抗志不屈，在解送途中，经泖湖跨塘桥赴水殉难。清人以其为复社、几社领军人物，又是关胜兆大案要犯，连带甚众，将隐匿过他的几社成员或门生二十三人诛杀。他的就义对于柳如是、钱谦益当时的抗清复明活动应有很大的影响。和钱牧斋有同样遭遇和处境的吴梅村吟出了"故人慷慨多奇节"的句子，自惭弗如。

46. 钱谦益乙酉迎降之后，不像王铎、赵之龙、龚芝麓等携家带口随例北迁，而是留家室于江苏只身入京，这本身就有暂先归附，伺机辞呈回南的打算。果然，他于顺治三年正月被命为礼部侍郎等职，六月即以疾请归。翌年就发生了与柳如是阴助黄毓祺反，因而被囚，严查两年的事。

　　钱谦益是一位能审时度势、胸怀全局、知兵通史、善于运筹的大家。他韬光养晦未几，即联络江南故旧握兵权者，酝酿举帜者，周旋策划以为郑成功入长江占江南的策应。他在给黄澍的文字中说："余尝谓海内多故，非纤儿腐儒可倚办。得一二雄骏奇特非常之人，则一割可了。兵兴以来，求之弥切……"此后十余年间，他联络了黄澍、张天禄、马进宝、李定国等人。暗中支持郑成功。张煌言耗资尽力自不待言。

　　在游说马进宝同时，钱牧斋通过门生瞿式耜上书桂王（永历帝），规划形势，了如指掌，绰有成算，以隐语作楸枰三局，提出了反攻清廷的进取策略。直到西南战事发生逆转，大势已去之时，牧斋还作诗道："廿年薪胆心犹在，三局楸枰算已违。"

47. 黄毓祺，江阴人。率众参加江阴城保卫战。城破突围后，隐匿民间，私自招募兵勇。顺治四年正月聚众练水军于海上。钱谦益曾命柳如是前往犒师。本打算择日祭旗，从舟山出发，相约常州府五县同时发动起义。不料，天不从人愿，竟飓风大作，舟船全部沉没。黄毓祺赖勇士石政泗水相救，

先后匿于僧舍及薛从周家，为奸人盛命儒等告讦。被执于泰州，下海陵狱转广陵狱，备受酷刑拷掠，坚强不屈、咏歌不辍。六年，自经于金陵狱中。

48. 钱谦益被黄毓祺牵连，顺治五年四月被逮至南京。尚在病卧中的柳如是蹶然而起，冒死从行，并上书代死，否则从死。这不仅当即令牧斋振作自壮，生还之后仍感动不已，以至于咏出"恸哭临江无壮子，徒行赴难有贤妻"的诗句。当时原配夫人可健在啊！

河东君为挽救夫君出狱和度过被管制审查岁月的行为表现出她不仅姿容艳美，而且有胆有识，才智过人，能在权要中间曲为斡旋，缓急有赖，甚至在刀丛剑棘中能沉静穿行于达官贵妇中间，答拜践席，兴辞执理，从容典雅，进退有致，深得慎可母亲喜爱。

"卜雕陵"，牧斋于危境中思考能挽救自己的人，最后选择了雕陵庄梁氏，慎可殆以宾客资格参与洪承畴、马国柱军务，其兄又为当朝兵部尚书，由其周旋当有通融缓解之效。慎可祖上梁太宰为真定人，于郡西十五里大茂诸山之东临滹沱河，西韩二水建雕桥庄。吴梅村《雕桥庄歌》开头两句颇有气势："常山古槐千尺起，雕桥西畔尚书里。"慎可在金陵为居所起名"雕陵"，显然是不忘故居之意。钱谦益与柳如是的选择是正确的。如是的活动是奏效的，牧斋终免一死。

黄毓祺于顺治六年三月十八日自绝于南京狱中。有学者认为此即如是帮助解脱的结果，同时又使告发者盛名儒畏惧不赴质，牧斋案遂得以钱谦益与黄毓祺不相识结案，得释回籍。从定案结论来看，时任江南、江西、河南的大都督马国柱是帮了忙的。

牧斋出狱后，在金陵逗留两月，住友人"近东水关，丁郎中河房"，据说是一座"在青溪笛步之间的消静馆舍"。此时柳如是已回苏州拙政园住所。

49. 拙政园是明正德四年王御史献臣回籍于原大宏寺基础上扩建而成。自有唐陆龟蒙、宋代山阴主簿胡稷言在此居住，就看中此地"不出郭郭，旷若郊墅"的荒旷和林木绝胜。既经整理疏通，又经明代著名画家文徵明的规划，成了名冠三吴的园林。明清之际，该园为海宁陈之遴相国购得，园内有举世闻名的宝珠山茶三四株，连理交柯。著花时艳如明霞，灿如云锦。吴梅村《咏拙政园山茶花》诗，借歌咏山茶，太息园主人儿女亲家陈之遴困于京都数十年不得归终于流放辽东的故事。诗句"曲栏奇花拂画楼，楼上朱颜娇莫比"写的就是柳如是吧！诗人当时入巡抚土国宝幕，钱谦益在黄毓祺案未结期间（顺治四、五两年）常住此处，想来是借重友人获得有关信息并从中斡旋的用意。

50. 芙蓉庄地处白茆，距常熟城东卅里，古淞滨西，离长江入海口较近。本为云和县令顾松奄别墅，小桥流水，曲折幽胜，周遭里许植芙蓉数百。又有五百年树龄红豆一株，大可合抱，数十年一花，结实如皂荚，子赤如樱桃。钱谦益为顾氏外孙，绛云楼失火后移居于此。据《柳如是年谱》载，他们应是顺治七年迁来，到康熙三年家难，居芙蓉庄（红豆村）达十四年之久。

　　钱柳于此吴歌盛行的白茆塘畔，歌咏诗篇甚多，有《红豆诗集》三卷存世。村旁有古刹一座，二人在精研佛典、诵经礼佛的外衣下从事反清复明的海上活动十多年。

51. 乾隆年间著名书法家兼诗人王文治写的《芙蓉庄红豆树歌》云："芙蓉庄前红豆树，风枝雨叶数百年。素花冉冉露垂地，朱实离离霞照天。清阴阅世浑如乍，何人垂老开庭谢？宋王家教庾信居，谢安墩许荆公借。当时小劫换沧桑，满目兴衰吊夕阳。宰相名园荒绿野，将军大树撼青霜。可怜才望倾山斗，璧月歌残人白首。婆娑屡顾东阳槐，凄怆还攀汉南柳。见说高秋张管弦，相思子缀画阑前。我闻室里拈花女，亲与维摩荐寿筵。二十年来苦兵马，那得红芳迎五羊。……还将剩水残山恨，谱入乌照红袖歌。"在乾隆对牧斋恨之入骨、毁销其著作之时，能咏出这等公允好诗，可谓知人论世者也。对钱柳反清复明的立场亦暗示出来。

　　当时如是多从白茆港出发去崇明岛等处海上犒军，而谦益则奔波于浙江、淮北、南京、苏州等地游说马宝进、黄澍等军事首领，希望配合郑成

功攻取江南的活动。

52. 余此处将柳如是十多年来偕夫君策划的反清复明活动拟为一梦展现。一来河东君的不懈努力本来就是为了实现她的梦想，二来现实的形势使之努力终成泡影。实际生活是真实的，结果又皇乾不眷，无情地落空，一切恍如一梦境。郑成功、张煌言进入长江围攻南京是真实的，瞿式耜率部进攻两湖亦是真实的，钱柳居中策应活动，运筹帷幄也是真实的。当然，失败变成胜利，三藩反水，陈子龙复生是借柳如是的情怀作的想象，使之更像梦境，或者说这也是托梦的好处吧。

53. 钱谦益避总讳删弃的《投笔集》中《小舟惜别》一诗，透露了钱柳反清复明的一桩往事，其诗曰：

北斗垣墙闇赤军，谁占朱雀一星微。破除服珂装罗汉，（自注："姚神武有先装五百罗汉之议，内子尽橐以资之，始成一军。"）减损斋盐饷伏飞。娘子绣旗营垒倒，（自注："张定西谓阮姑娘，吾当派汝捉刀侍柳夫人。阮喜而受命。舟山之役，中流矢而殒，惜哉！"）将军铁槊鼓音违。（自注："乙未八月神武血战死崇明城下。"）须眉男子皆臣子，秦越何人视瘠肥。（自注：夷陵文相国《安之》来书云云。）

由此可见，柳如是卖掉了自己所有首饰、积蓄资助姚志卓装备五百人的队伍。张名振曾让属下女侠阮姑娘在柳如是身旁护侍，钱柳投笔从戎之志显然。可惜阮姑娘、姚志卓先后战死崇明。此为顺治十一、十二年间事。

钱柳以韩世忠、梁红玉金山桴鼓的故事互相激励，一再现于诗词中。《投笔集后秋兴之四》："闺阁心悬海宇棋，每于方罫系欢悲。乍传南国长驰日，正是西窗对局时。漏点稀忧兵势老，灯花落笑子声迟。还期共覆金山谱，桴鼓亲提慰我思。"

54. 顺治十六年（1659年）秋，郑成功最后一次进攻江浙，入长江围南京，以失败告终。两年后，他决定攻取台湾，放弃了在东南沿海凭借海军优势对清军的争夺战。这使江南反清力量失去指望。钱谦益认识到复明的希望落空了。几乎与此同时，西南的永历帝被缅王献给吴三桂，押回云南，秘密处死。南明的最后一个政权至此灭亡。牧斋和张苍水、徐闇公辈一样，以为大势已去，题诗曰："逢人每道君休矣，顾影还呼汝如何。"可见钱谦益认为反清复明毫无希望了，遂决定离白茆回城。而柳如是似乎还存有幻想，"顾影"应当指的是影怜，即如是。但不久也如梦初醒，皈依佛祖了。

55. 这几句诗的表面意思是，江山变色，异族统治者已站稳了脚跟。眼看大势已去的柳如是身心交瘁，精神痛苦而空虚，一向与佛有缘的她接受了宗教的召唤。

一千多年来，中国僧人所关心的"涅槃佛性"说，在禅宗那里变成了"佛祖西来意"公案。那些觉悟了的高僧法祖，以各种稀奇古怪、装聋作哑的方式回答这个问题。其实就是难以直说世上本没有什么佛，也没有"西方净土"，修行的目的是要达到觉悟，即回到自身，回到内心，"心即是佛"。这一主观心性的强调是通过启发徒儿们自己省悟途经实现的。

云居元祐大师以"胡天雪压玉麒麟"的偈颂，回应了"佛祖西来意"的精神实质。"胡天雪"是外在的，是假象、幻象，是消瞬即逝的现实。"玉麒麟"是内在的真实、本质、佛性，即本心。它被外在蒙蔽、包裹、粉饰，所以用了"压"字形容。

柳如是应当对这一真谛有所觉悟，所以，她的"皈依"，其实是看穿现实、实现自我的表现。

56. "六如"，《金刚经》六喻："一切有为法，如梦幻泡影，如露亦如电。应作如是观。"此六喻般若形容了世间法的不真实性。唐寅于弘治十二年经历科场冤案打击之后，自号"六如居士"，表明他对现实已经看透的态度。柳如是备受挫折之后，诵《金刚经》时，更应有如是观。

"四住"，指三界、欲界、色界、无色界四个住地见思之烦恼。也就是

说，在这四个环境中感受与思考是导致烦恼的根本原因。换句话说，人处于现实环境中要摆脱烦恼，还是不看不想为妙。眼不见为净，心不想为安。做到这一点离解脱就不远了。

柳如是于康熙二年秋下发入道。两年前，在牧斋八十岁生日后入城和嗣子同居，如是和女儿女婿留白茆。她落发修行是动了真格的，一头美丽的鬈发以一剪金刀除却，牧斋为此写了两首诗，似乎很赞美她的决定。由此，柳如是铅眉正妩，点黛犹鲜的一代红妆，如此果断地剪除心爱的美发，既是以无比的虔诚向佛陀顶礼，也是向退居城中养老的牧斋表示爱情的专一。美哉，如是！

57．"八功德水"，《无量寿经》曰："八功德水湛然盈满，清净香法，味如甘露。"《称赞净土经》曰："何等甘美，四者轻软，五者润泽，六者安和，七者饮时除饥渴等无量过患，八者饮时能定养诸根四大增益。"指的是须弥山和七金山之内海海水，以及信众观想的极乐浴地之水也。

为什么八功德水能存于我们周遭呢？这就要看我们的功德了。大乘佛教认为使一切众生成佛得道的唯一运载法门就是一乘提供的无上智慧，道貌岸然之极者。大概这就是常说的"觉"。

《永嘉证道歌》所说的"君不见绝学无为闲道人，不除妄想不求真"，说的是修证得将世间法，出世间法都证得无余了，就成了绝学无为的闲道人，妄想已除尽，不必再除了，真理已经得到了，无须再求了。经过三年枯木禅再剃度的柳如是该进入这一境界了。

58．《楞严经》的全名是《大佛顶如来密同修证了义诸菩萨万行首楞严经》，属大乘秘密部，开明心性本体，文义皆妙。被佛学大师认为是佛的舍利，佛的真身。其旨意在令正法永住，邪法永息。有明一代注疏，通解《楞严经》的高僧和学者尤其多，钱谦益也抽闲注释，惜不得见其付梓。

59．钱谦益卒于康熙三年五月二十八日，享年八十三岁，三百多年前，可谓高龄，作为两朝人望、一代文宗，主海内诗文之柄五十余年，江南学子砚席诗侧者得教益，登科数百千计，影响苏州有清一代文风。关于其鼎革时表现，前面已作评析，不再重复。

60. 牧斋捐馆后，族人以钱曾、钱谦光领头，后有官僚钱天章撑腰前来索金逼分田产房屋。柳如是交出自己"奁有薄资"千金纾难，竟然聚更多人喧集，要求分金三千两，交房地产割半给贫族。柳如是遂在荣木楼上自尽以保护牧斋子女家产。如是卒于六月二十八日，距谦益之死才月余，因皆以殉夫视之。钱牧斋挚友、柳如是女友顾媚之夫君龚鼎孳的《挽河东夫人》诗两首是千百挽诗中写得最感人的，现录于下：

其一：

> 惊定重挥涕，兰姜恰此辰。
> 甘为贲志事，应愧受恩人。
> 石火他生劫，莲花悟后身。
> 九原相见日，悲喜话綦巾。

其二：

> 岂少完人传，如君论定稀。
> 朱颜原独立，白首果同归。
> 绝胆心方见，齐牢宠不非。
> 可怜共命鸟，犹逐绛云飞。

61. 十余年前，余重读陈寅恪先生《柳如是别传》，感慨万分，遂赴常熟由一对画家夫妇陪同寻到柳如是墓地凭吊一番。返苏后作《吊柳诗》四首，寄托敬仰之情。近年于香港购得《柳如是集》《柳如是事辑》两书，又选阅钱谦益《初学集》《有学集》《投笔记》诸著述，酝酿写一首长诗歌咏河东君想法，经一年构思索句于床第、书案间，终于完成此稿。临结句之时，意犹未尽，遂援早年《吊柳诗》四首垫后，以求反复咏叹之效，良有宜也。

水绘红颜董小宛

泓澎漾漾古城边，贴岸芙渠毗稻田。

水绘园居深荫里，门依垂柳一溪烟。

入园惊现莹潭滟，卧树凌波绮榭看。

妙隐香林多蔚竹，瀊瀊岸浜设亭轩。

琴和倒影浮清湛，水殿风来谁理弦？

娟倩佳人何许女？相思千里草芊芊。

骏公诗里藏名姓，残雪寒梅映月弯。

但慕诗仙唤董白，常呼小宛字青莲。

神针绣事传家业，祖籍苏州闹市廛。

父怙先失无倚傍，遣居虎阜半塘沿。

为疗母疾还清债，落籍秦淮花柳间。

楚楚蛮腰花月貌，一时惊艳盛名传。

姊妹自然来往密，酬宾难得暂时闲。

琴会经常偕赛赛，绘事时尔访湘兰。

欣逢雅聚逞强饮，但遇庸俗厌肆筵。

恶少亦充桃叶渡，南都虽胜怵流连。

愁城眷恋山塘水，帆影吴天数日还。

近水楼台景色澹，湘裙晨夕自凭栏。

幽思缱绻知难尽，惆怅心头未敢缠。

金陵毕竟熙雍地，国士名姝玉笋联。

时有雅士邀游历，几经西子陟黄山。

慕名远至贵公子，两度不虞未识韩。

烟雨迷蒙复造访，佳人薄醉睡犹酣。

香姿玉色蛾眉秀，神韵天成态雅娴。

良晤之初未一语，不期再遇岂无缘。

翌春再饮平江水，讯姬半塘又远帆。

公子居然多故事，盈盈冉冉见圆圆。

弋腔正演红梅阁，咿呀啁哳玉落盘。

婉转情怀待画锦，难逃田畹掳娇船。

惓惓萦萦吴下客，踟蹰双成小馆前。

霍窦掠搜欲吓死，玉人卧病气恹恹。

孱孱弱弱娇扶起，坐榻移灯始进言。

家母称君奇秀质，与君悔不得盘桓。

如皋射雉诚心悦，神往风标已几年。

忽觉神清气也爽，伴君祖送此心虔。

世事周折须抑按，秋闱省觐得心专。

劝卿勿送实无奈，出试深谋寻晏安。

疾速登舟陪伴走，企求却步却为难。

终于京口别离日，痛哭失声泪涌泉。

桂月恰逢三五节，出闱蓦见久候莲。

细说百日唯茹素，祈祷蟾宫折桂冠。

又诉江中逢盗匪，芦丛三日断炊烟。

诸多同社咸忙慨，作画赋诗赞尔坚。

白下嫌凉即日别，栖霞渐隐向崇川。

龙游河畔朴巢坞，催返姑苏泪又潸。

责遄吴趋俟对策，孤身维谷愈哀怜。

润州朋辈曾商议，席上贷银达数千。

刺史调停不善举，众哗决裂奈何钱。

勿忘月老钱谦益，三日疏通悉办完。

虎阜饯行亲设宴，兰舟远送渡江弯。

沿途弹奏琴瑟曲，韵律亲合颂凤鸾。

此刻辟疆浑未觉，佳人已到雉河干。

明珠璀璨闻名久，远望林园蔚荟然。

自喜城垣围水甸，葱茏树木掩飞檐。

桃花夹岸香溪浅，杨柳垂绦露扣环。

泬泬清池称洗砚，恬恬虹跨号霞山。

青莲情挚心和蔼，笃爱一时迎满园。

正是春光花烂漫，柔和月色月团圆。

铅华洗尽卸装饰，耽寂享恬呈素颜。

裁剪衲缝擅女技，神针精湛绣工鲜。

烹茗剥果必亲进，执役食厨任往旋。

伺奉恭人诚孝顺，佐扶主母总勤殷。

幼姑长姊多亲近，婆母荆人至喜欢。

自谓骤出劫火狱，一朝憩入净凉天。

春风得意冒公子，良夜花烛素手牵。

片甲蝉翼沾露饮，香薰慢火冉伽楠。

月光亮透娇容美，灯焰红通倩影纤。

秀眉何必描螺黛，玉面无须贴靥钿。

度曲烟亭听凤翼，吟诗镜阁喜樊川。

佐君誊写细哀敛，尢艳搜集鉴美媛。

读史抚几究始末，填词索句共骈阗。

新浮水月奇澄皎，初绽山花怪蒨妍。

董姬平生恋月色，敞窗径自望凉蟾。

幽人月下常描绘，小丛疏林自赏玩。

新婚燕尔出游日，水暖长江好放船。

京口瓜洲隔一水，浮云挹翠望金山。

青巾结系潘安貌，白透湘裙飘艳嫣。

伉俪缥缥沿水上，游人惊叹遇神仙。

神仙伴侣参佛阁，山麓品茗第一泉。

浮玉江心焦隐处，悬崖镇海郁松杉。

遥呼北固江山险，参观铁瓮控吴关。

江水汤汤来爽气，西望云霞笼应天。

夫妻又见秦淮夜，蛾眉感慨自难言。

旧雨深情争致贺，姊妹重逢祝美缘。

冒襄豪置千金宴，华庭座满百余员。

才子佳人集燕誉，烟水楼台忽嚷喧。

浓歌艳舞纷烂漫，柳腰细细指纤纤。

朗诵新词即谱曲，最是骄人燕子笺。

听莺扑蝶纠心境，佳人身世引心酸。

看到霍华离别处，玉颜痛楚各泣咽。

香茶醒酒便幽叙，诗语斟酌续满篇。

谁唱后庭花醉客，鸳鸯哪对不缠绵？

鸳鸯湖水接天际，烟雨楼台视野宽。

歆羡文华亲秀水，轻舟烟渚看鱼鸢。

蒹葭伐棹湖深处，清静无为似老聃。

借宿渔庄欣静谧，观潮择日到盐官。

美人唯恐良辰短，但论时局不自安。

题写葬花伤感句，揪心红泪染徽宣。

昏黄北斗星光暗，攻陷京都噩耗传。

八旗南下起兵燹，军匪不分多祸端。

豺虎狰狞纵焚荡，绅衿大户俱逃难。

流亡路上筹经纪，小宛潜心负重担。

家累盘缠亲秉持，沿途殿后悉排先。

党徒抢掠据津要，兵勇屠杀惨九寰。

廿众仆婢遭大戮，家人舟上得安全。

秦溪蒙难悸惊至，衣贝子遗身尽单。

马乱兵荒幸未死，冒襄危卧接二三。

忍饥腐饭常焦渴，酷暑复经瘴疠煎。

痢疟交集历险境，沉疴既久苦颠连。

更为误诊胡疗治，鬼域门前转两番。

骤热忽寒病益笃，经年累月始和痊。

若无小宛精心护，公子焉能愈恶瘅。

奉药进汤勤料理，柴胡方剂理中丸。

相陪夤夜唯席地，瞌睡难熬裹一毡。

贴肤驱寒叙慰语，扇风退热枕柔肩。

羸容如蜡柴骨瘦，遂令公婆太可怜。

夫子不遂妾亦死，竭余心力挽生还。

辟疆振作康复日，可惜红颜已重瘠。

岁久煎熬灯盏尽，身心之火正阑珊。

患难相恤访诸友，诗酒流连逗古邗。

为姬奉常千句咏，商音复韵惧诗谶。

留宿云轩时悒郁，噩梦连番证卜签。

急回水绘观仙影，红颜气息已奄奄。

返照约瞻婆母面，掩泪恭人感惠贤。

唯思跳脱书连理，临终累扼定情圈。

内室沉檀香袅袅，未久弥留竟永眠。

一时哭喊惊天地，难挽香魂天际迁。

处处难寻仙姬影，斯园空谷怨幽潺。

西天唯见漉漉月，还映池塘碧水寒。

我叹辛酸血泪笔，如泣如诉《影梅庵》。

芳玉兰酒家即兴

　　拙政园西园北邻渔郎桥畔，存清时古建，乃吴城三大雕花楼之一也。店主王氏女租为芳玉兰酒楼，邀余题诗堂上。是时拟柳亚子《迷娘曲》，借薄酒作之。

　　望齐门内下塘边，夹道争妍广玉兰。
　　艳艳琼芳映锦幌，皇皇业运几经年。
　　由来人气促生意，信誉徒升闹市廛。
　　绣阁春风香满苑，雕窗秋色月常圆。
　　清风明月本无价，美酒佳肴分外廉。

　　红灯设宴古兰轩，绮丽台容耀眼前。
　　花样拼盘多特色，应时溜炒惹人馋。
　　蚝皇鱼翅浇金脯，玉腐银镶拌野箪。
　　翡翠全蒸单凤雏，明珠双戏九龙盘。
　　扬帮擅长五湖味，粤灶专精四海鲜。

不慕全席称满汉，但求珍馐统仙凡。

八碟名馔堪观赏，一拨象箸久情牵。

千年响往张司马，鲈脍莼羹百代传。

吴郡旗亭总上千，殷勤侍奉比云鬟。

轻盈翠袖飘香至，软语吴侬笑靥甜。

店主天生情态美，冰肌玉肤识芳颜。

阿孃本系维族女，远嫁江南帅少年。

自到吴宫风水地，兰梦无复恋和田。

平生底事值欢娱？喜得千金艳若仙。

西域女儿多善舞，弯眉秀目腿纤纤。

眸光能解周边语，倩影偏宜左右看。

经商未久知营运，酒肆翻成大乐天。

艳舞浓歌次第出，琵琶弦索错杂弹。

玉轩能醉三千客，思绩堂凝万里缘。

牧斋幽舍何处是？河东柳色隐归田。

雯青附丽如云彩，卅六鸳鸯对对怜。

君不见，成弘以降姑苏史，隽彦惊鸿互识韩。

卿子萍踪交艳友，兰言菊酒玉杯干。

一生知己颇难得，但遇良朋须尽欢。

最爱兰轩添雅韵，佐餐琴曲共缠绵。

渔郎桥畔春常在，镇日香风望酒帘。

谁伴诗人耽醉酒，一轮明月照婵娟。

拙政园咏

　　苏州山温水暖，人文荟萃，城市多园林。拙政园者，百园之冠也。数百年来吟咏之作何止数千篇计。自吴梅村《咏拙政园山茶歌》出，斯园更扬名宇内。余不才，因家居近园，常徜徉其间。兹择园中卅六景名成句穿插野史故事，作是篇。虽未能窥全豹之美，或可免抹象之虞。草拟而成，聊以助游兴可也。

　　　雉堞绵绵绕北园，旷如郊墅笼烟岚。

　　　梵宫旧址兴林苑，占尽风光数百年[1]。

　　　谁恋林泉寻市隐，能将山水入壶天？

　　　归田御史钦潘岳，志在云峦濠濮间[2]。

　　　叠峙凿池遂己意，梳风延月任天然。

　　　婆娑树影青山麓，掩映楼台绿水前。

　　　味象澄怀[3]寄柳奥，市廛咫尺觉隔凡。

　　　几竿斑竹值玩味，数亩清泓宜静观。

时以新茗迎旧雨，相吟茂苑似琅嬛[4]。

琅嬛景象著斯方，水木清华继辟疆。

幸有徵明画稿在，规模式焕启鸿庞[5]。

巉岩峻兀当门立，左右通达贯曲廊。

路转峰回烟水阔，光华朗润远香堂[6]。

风荷四面常听雨，云树千嶂可待霜。

临水丹霞成绣绮，倚亭碧玉总琳琅[7]。

竹梧幽居漾渺弥，画舫怡情杜若香。

俯瞰雪香云蔚处，东西园景并昭彰[8]。

东斋望似辋川圖，竹坊茵坪近稻庄[9]。

犹有缀云联壁石，岿然常挺古堂旁。

缤纷兰雪琼瑶境，萦绕溪流鹤影塘[10]。

借景虹亭观夕霭，峦光塔影共斜阳[11]。

西园别有洞天探，一过复廊疑梦乡。

台榭参差亲水隅，天工创意仰崇光。

笠亭殊有渔樵趣，倒影楼边绽海棠。

楹对常集坛占主，额题好请状元郎。

与谁同坐联诗句，明月清风伴我厢[12]。

但爱梅村游旧馆，扶窗水殿数鸳鸯[13]。

凭栏兀自思钱柳，因向鹤琴觅曲房[14]。

鹍鸟翔集浮翠阁，山溪宛转臆流觞。

流觞曲水效兰亭，林泉当年有乐声[15]。

吴下朋俦多隽彦，门前常驻远方旌[16]。

原来隐逸闲居墅，演绎豪门冠盖行。

诗酒流连兴雅聚，翰墨交流贻客卿。

座中立就诗多首，乘兴修契方解酲。

莫忘闺媛擅韵律，涛笺一展众人惊。

红灯俏影笙歌夜，花间软语悉吴侬[17]。

群芳领袖貌倾城，姐妹春秋号"二苹"。

兰梅魂魄多风致，悦豫春苹幽雅形。

秀颈竟疑敷粉皙，明眸原比水晶莹。

佳人无意学西子，底事春山少见晴？

难得梨窝夹美痣，一颦一笑惹人疼。

娇声呖呖黄鹂啭，修指纤纤水袖灵。

度曲良宵倾坐客，艳妆美过董双成。

海棠烂漫桃花艳，联想秋苹绮丽容。

镜里庞儿尝自负，红颜堪比水芙蓉。

眸光映照芳菲靓，笑靥绽时妩媚生。

袅袅腰肢着霓裳，嬛嬛蹀步绾轻盈。

惊鸿翩若湘裙曳，飞燕旋与罗带轻。

自古朱颜多善舞，天生风韵袅娉婷。

莺歌燕舞寻常事，肆宴设席富贵亨。

富贵荣华传几代，嘉园一夜姓名更 [18]。

月换星移云物在，几经风雨刻心铭。

犹存郁郁葱葱景，好忆朝朝暮暮情。

旖旎平江烟水地，长留园冶冠吴城。

吴城景物本瑰奇，毕竟园林凝妙思。

山水玲珑花解语，先将春色报人知。

子久风范松雪派，停云摹本献臣施。

玄珠爽朗明瑟迹，紫管文华姣逸姿 [19]。

堤柳绿烟如是绘，山茶红锦骏公诗 [20]。

补园馆榭传琴曲，曾为江南毓大师 [21]。

终以敷荣观变化，岂因易主论兴衰。

裙屐络绎来寰宇，但列世遗更景熙。

默念王郎岂有憾，风光远胜创园时 [22]。

注 释:

1. 北园地处苏州城内东北角，界齐门、娄门之间，地势低洼多水，有"不出郭郭，旷如郊墅"之说。梵宫指元代始建大弘寺，明中叶已湮替，为拙政园择地基础。

2. 天泉为大弘寺东斋遗址，今仍建亭维护，为该园历史最久之景点。御史王献臣归隐苏州，购东斋旧址建园林，因钦慕东晋诗人潘岳浮云之志，筑室种树，灌园鬻蔬，以其"拙者之为政"典范，寄托隐士情怀。壶天之说乃道家传说故事，《后汉书·费长房传》载，其曾随一老翁进入壶中，得见山水、玉堂之美，以为仙境。壶天之说是中国隐逸文化影响园林兴起和发展的重要美学意境观。

3. 澄怀味象是南朝大画家宗炳以老庄哲学为指导提出的审美命题，意思是令主体沉静，乃能从自然山水中领略娱悦身心的审美享受，表明国人先于西方近千年已欣赏自然美并形成理论。

4. 旧雨指老朋友。典出杜甫《秋述》："秋，杜子卧病……常时车马之客，旧，雨来;新，雨不来。"琅嬛，神话中的神仙洞府，伊世珍《琅嬛记》："入数步，则别是天地，宫室嵯峨。引入一室中，陈出满架。华问地名曰:琅嬛福地。"

5. 辟疆园是东晋时苏州著名私家园林，载于《世说新语》。池馆林园之胜，辟疆园为吴中第一，并以辟疆为园林代名词。文徵明，初名璧，字徵明，号停云。明弘治正德时以诗书画三绝为吴门画派领袖。他是王献臣挚友，参与拙政园设计规划，多次为该园作诗作画。拙政园以诗情画意取胜其他园林，这离不开文徵明的贡献。

6. 远香堂为园内主体建筑，堂名取自宋理学家周敦颐《爱莲说》："水陆草

木之花，可爱者甚繁。予独爱莲之出于淤泥而不染，濯清涟而不妖。中通外直，不蔓不枝，香远益清，亭亭净植，可远观而不可亵玩焉。"表达了高尚的君子情怀。远香堂建筑华丽，敞亮庄重，陈设典雅装潢别致，显现其位于中心的尊贵气派。

7. 以远香堂为中心的拙政园中有着宽阔的水面，临池建亭榭、植花木，保持了水木明瑟的境界美。荷风四面亭坐落池水中央，三面环水，一侧靠山，置于两曲桥之间，李鸿裔有诗曰："柳浪接双桥，荷风来四面。"故名。远香堂东黄石假山上的绣绮亭，则因下临牡丹花坛、亭构彩绘华丽而得名。堂西水畔倚玉轩则多种绿竹，文徵明有诗赞曰："倚楹碧玉万竿长，更割昆山片玉苍。如到王家堂上看，春风触目总琳琅。"

8. 拙政园两个景点"志清处"和"意远台"现合为一座明式小庭院，系孔子"仁者乐山，智者乐水"的儒家山水观体现。近旁小飞虹以缓坡的廊桥将水面分出一个幽静的水院，隐现了南边水阁"小沧浪"的幽深雅致。与远香堂隔水相望的北边山峦峰顶，建"雪香云蔚亭"，花木繁盛，以梅为主。亭柱楹联:蝉噪林愈静，鸟鸣山更幽。坐亭中，东西两园树杪亭檐隐约可见。

9. 当年东园主人王心一，在其《归田园居记》中述说东园位置时云："西与南洲之拙政园连林靡间，北则齐女门雉堞半控中野，似辋川之盂城，东一望，烟树弥漫，唯见隐隐浮屠插青汉间。"可见，明中叶王献臣得大弘寺旧寺旧址只是一部分，主要经营的是中部，即现在的中园；东园则是王心一在大弘寺东部于崇祯年间规划建造的。他亲自创意，委托造园高手陈似云带头施工而成。从园记看来，当时景点有三十六个之多。今日重建尚用旧名有秋香馆、兰雪堂、缀云峰、芙蓉榭、天泉亭、涵青亭、放眼亭等。

10. 兰雪堂为东园主体建筑，现建于新大门入口处，得名于李白"独立天地间，清风洒兰雪"诗句。在堂北则重新耸立缀云峰，其侧又有双峰并立曰联璧。

此主峰叠置位置形态颇见功夫，谢孝思先生曾指出主峰与侧峰的叠层脉络相左乃一败笔云。

11. 倚虹亭是连接东园和中园倚廊的半亭，以长廊如卧虹取名。于此瞭望西园山峰及北寺塔刹顶，为借景之极则。倚虹亭北侧《梧竹幽居》亭内有一联：爽借清风明借月，动观秋水静观山。挂此亭也是合适的。

12. 于碧涧之曲依山势而筑的扇形小亭，取名《与谁同坐轩》，轩名借自苏轼《点绛唇》词："闲倚胡床，庾公楼外峰千朵。与谁同坐？明月清风我。"该亭门窗及整个亭子造型都作扇形。从这里望笠亭、倒影楼、卅六鸳鸯馆，都成了框景。

13. 十八曼陀罗馆与卅六鸳鸯馆为南北向鸳鸯厅。前面宜冬春赏山茶花，后面宜夏秋赏水中鸳鸯。在此不禁令人想起吴梅村《咏拙政园山茶花歌》。触景生情，令人回想斯园沿革和对园主陈之遴及夫人著名词人徐灿的怀念。

14. 顺治四五年间，钱谦益因黄毓琪案牵累，来往于宁、苏两地，候审查结果。他通过吴伟业与陈之遴姻亲关系购得西园一部分建曲房，与柳如是在此居住了两年多，现为鹤与琴书之室。

15. 王心一《归田园居记》记载，他创意的园林景观中，有一处颇似会稽山阴诸贤雅集的环境，"东折，诸峰攒翠下临幽涧颇有茂林修竹，流觞曲水之意"。

16. 钱竹汀在其《寒碧庄宴集序》中说，"惟园亭之盛，必假名流流觞咏，始能传之不朽"。拙政园数百年间文采风流、翰墨交游的雅集，确实给该园生色不少，增添了浓厚的文化气息。除了王献臣当年与文徵明、唐伯虎辈诗酒流连之外，王心一的归田园居也是朋俦高会，有修禊为证。从蒋棨复园

嘉会、状元张之万抚吴居此时盛况，直到清末张履谦喜欢风雅，宴聚、诗会，成了名园的传统。

17. 乾隆年间诗坛领袖沈德潜曾题联远香堂门廊柱上：旧雨集名园风前煎茗琴酒留题诸公回望燕云应喜清游同茂苑，德星临吴会花外停旌桑麻闲客笑我徒寻鸿雪竟无佳句续梅村。

清初陈子遴赴京就任，为妻徐灿购拙政园，以这位清代最著名词人为中心，又有另一著名词人柳如是及大诗人吴梅村之女等组成盛名远播的女性文学圈子，写出了许多惊动诗坛的作品。戏曲家余怀及李渔也常率家姬班前来演出。剧目有《牡丹亭》《邯郸梦》等。

18. 王献臣死后，其子被徐少泉灌醉后骗去豪赌。徐少泉以各面均设为红六点的假骰子，从他手上获取了该园。这六红故事常见于记载。拙政园园史上，常有被巧取豪夺及官宦军阀势力霸占时候，其中以徐少泉及其后人和吴三桂女婿王永宁侵占时期最为侈靡。

19. 余以为吴门画派的奠基人，应提前到元四家的黄公望及赵孟頫。他们开创了疏朗空灵、以简驭繁、以吴中山水为对象的美学理念和江南文人画传统。明四家及清初四王多以他们的作品为范本，是不奇怪的。王心一说："东南诸山采用者湖石，玲珑细润白质鲜苔，其法宜用巧，是赵松雪之宗派也。西北诸山，采用者尧峰黄而带青，质而近古，其法宜用拙，是黄子久之风轨也。"

王心一（1572—1645），字纯甫，号玄珠。为人正直有节操，官至侍郎。能诗善画，有《三雪堂集》《归田园居图》传世。他于崇祯四年购得拙政园东部土地，自己策划了东园卅六景。

紫管为苏州才女徐灿之号，她出身名门闺秀，是光禄卿徐子懋女，清弘文院大学士陈之遴续妻。著有《拙政园诗余》三卷，《拙政园诗集》二卷。

20. 柳如是《月堤烟柳卷》现藏北京故宫博物院，图画清丽娴逸，疏朗有致。

柳林御风，阁楼隐约，构图秀美。吴伟业（1609—1672），字骏公，号梅村。中崇祯四年会试会元，殿试为榜眼。与其师张溥振兴复社，为娄东诗派开创者，为清初三大诗人之一。代表作有《圆圆曲》《咏拙政园山茶花歌》《鸳湖曲》等。

21. 张履谦（1838—1915），字月阶，号樾嘉。官至盐运史，经商有方致富。喜风雅，善收藏，修葺园林，对昆曲发展做出了杰出贡献。

22. 拙政园与留园、避暑山庄、颐和园为国内第一批国家重点文物保护单位的四大园林，又是最先列入联合国世界文化遗产保护单位的园林。

登苏州大阳山有感

吴之镇山秦余杭，雄踞浒墅气势庞。
鸟道盘陀无尽处，石脉逶迤百里长。
幽壑松涛声吼吼，漫山树色郁苍苍。
泉流深坞穿荆莽，径绕巉岩傍竹篁。
烟峦遥望罩春雪，峻岭攀援沐晓阳。
几多涧湫称龙马，犹有峰亭唤凤凰。
银羽双飞仙鹤影，金波万顷太湖光。

先贤崖刻沿途见，殊觉历史过匆忙。
陨星何日来天外？箭阙果真礼秦皇？
唯念古越三千士，干隧生擒夫差王。
悔时三呼公孙圣，不得火食走偟徨。
卑犹荒冢何处是，蔓蔓野草令人伤。
卧薪尝胆凌云志，却赖女色坠邻邦。
是时若点英雄谱，除却伍员谁敢当！

太息镇山亦有憾，崇高无助挽沦亡。

时光荏苒越千载，南朝佛事正炽昌。
底事兹山香火盛？支公于此兴道场。
巉岏屹屹悬空寺，雪林掩映愈煌煌。
重阁翚檐状若飞，云彩飘浮似仙乡。
山登萦回凝冻雪，古殿璀璨撒垣墙。
竟与普贤分上下，主尊供养善吉祥。
金堂不啻清凉界，常年香烛耀光芒。
神狮多首徵威猛，曼殊师利坐上方。
攀登至此遂大愿，除尽烦恼乞安康。
欲向玉髻求智慧，须颂梵经多少章？
我立尊前无俗念，祈得圆满仰仙庞。

虎跳峡

汤汤丽水混金沙，冲向玉龙并哈巴。

矫激大江穿峡谷，震天动地撼山阿。

高峰夹持八千仞，深壑湍流百里斜。

仰望苍穹唯一线，俯察幽涧转盘涡。

滤滤洴洴腾烟气，浪溅濒蒙大雨沱。

不信巉岩踪虎豹，但看洪潆现龙蛇。

冯夷曷故常生怒，发作狂涛卷浪花。

联想瞿塘归漱濒，洄漩潋洌震屯车。

厮杀涿鹿千军吼，列阵渔阳万鼓挝。

双阙束流虽逼测，惊涛骇浪状疯魔。

疾流沛沛如飞矢，冲没浮沉只刹那。

伊洛男儿来探险，漂流斯处费琢磨。

澜翻石砑真神濑，挑战天公入谲波。

万众欢呼情激烈，鸣鞭擂鼓复敲锣。

征舟逐浪颠簸下，频绕漩涡似转梭。

掌舵穿礁拼硪垒，撑篙拒岸射矰䉾。

十八鬼域殊难渡，已而英雄大半过。

卷涌刨花势益险，闯滩破浪危情多。

雪涛淘渚兴飞瀑，皕米烟腾泻落差。

壮士乘槎何处在？空流逝水奈若何！

奈若何，惆怅天之涯。

吾爱长江绝险境，尤钦志士壮山河。

矶前久望金沙水，潮涌情怀欲作歌。

飔飔西风吹栈道，来人能不叹中华。

温哥华岛观鲸所作歌

仲夏洋流过岛西，鲸群出没景观奇。

欣闻旅社组团去，难得游人未忘机。

缱绻白云方困醒，林峦沉静待晨曦。

峰回路转山程远，一车乘客半晕迷。

岭下忽呈兰靓海，埠头飘展火枫旗。

岸边列队为分组，下水须签生死契。

同座咸为异国客，居然男女正相宜。

启航快如脱缰马，更似离弦疾矢飞。

刹那迳穿百里外，周遭景象览无遗。

茫茫空际唯天海，经验超群赖驾师。

马达声缓船低速，示教乘员寻觅之。

遥望晴澜光闪闪，近察浪花目睽睽。

蓦然一客欢声叫，直指天边一抹鬐。

幌若仙山浮蜃影，喷出伞溅释狐疑。

开足马力复冲刺，临近斯区变静窥。

屏气敛声勤转舵，中心怛怛恐遭袭。

霎时水束朝天宇，散作珠玑千万滴。

满座欢呼声未已，涌出伟岸巨鲸脊。

分明岛屿升沧浪，时现时沉一翠微。

迎对脊峰形峻峭，横成背岭势逶迤。

腹白颈皙洁如雪，项黝背黑亮似漆。

铲尾一弯新月影，镜眸双射晚星辉。

孰云广口能吞象，我疑柔唇未肯食。

应是温良无异己，身躯硕大互相依。

尔群习惯巡洋路，幼崽依稀远处随。

体小犹能频戏水，探头摇尾忒顽皮。

潜沉还现遂人意，此起彼伏弄水姿。

水树银花海上景，庞然大物世间稀。

平生快乐知多少，怎似今朝成醉痴。

难怪身旁印度女，扭臀摆臂舞腰肢。

同游乘兴相歌咏，或自拍摄唯恐迟。

借问鲸鱼何所往，缘何留恋杜芬妮？

归程但见天连水，点点斑斑似尾鳍。

鲸兮鲸兮须慎游，远离沙岸避潮汐。

人中也有非善类，常驱炮艇奔南极。

安得大地永生机，众生相爱勿相敌。

民胞物与贤人语，美是和谐西圣提。

生群亦若佛陀愿，平等善待不相欺！

冬宫颂

涅瓦河旁闹市前，冬宫广场正哗喧。

亚历山大纪念柱，高耸中央入摩天。

天使手持十字架，脚踏修蛇立柱端。

俯瞰皇宫晴历历，外墙一片宝石蓝。

两排廊柱增雄伟，三重拱门气象添。

阿特拉斯众神像，擎天气力在双肩。

艺术风格新古典，大师亲作岂等闲。

约旦梯厅上下连，琼瑶世界入眼帘。

大理玉石饰云梯，琉璃银镜照雕栏。

流光溢彩彼得殿，豪华壮丽更大观。

精制桌椅宝珠嵌，贵重门框金线圈。

水晶吊灯堪华美，映照珍异令目眩。

大帝生前多才艺，雕工巧作能细镌。

青铜骑士行伟业，出战征伐奋祖鞭。

107

波罗的海收国有，屹立欧洲距峰巅。

迄今海滩石垒在，犹陈铁炮竖戎旃。

宫廷收集称宏富，充盈庭堂四百间。

三百余万精藏品，任君半载难看全。

叶捷琳娜封二世，国势雄强志也坚。

皇朝更迭由此证，罗曼终归胜伊凡。

但爱文艺复兴画，专劈长廊乐在先。

大师巨作多搜集，经典名家悉备全。

两幅芬奇圣母作，母子情态皆美颜。

慈容径朝圣婴看，悦色安详至爱怜。

画廊亦重拉斐尔，走马观花不心甘。

神圣家族与圣母，都如美女面相甜。

所绘娇容尽陈列，春光明媚百花妍。

能将人性代神性，更以天国换尘寰。

洒向人间都是爱，一时生意向盎然。

近代大师画作多，宫廷收购也空前。

市民时代喜风景，目光由此望荷兰。

鲁本斯与伦勃朗，多临山水和田园。

美学兴致偏肥美，只为欢乐结情缘。

启蒙思潮应运至，女皇竟然苦钻研。
当时尤重伏尔泰，常年交往不一般。

宫廷收藏重税捐，咸是农奴血汗钱。
荒村饿殍不堪睹，布卡乔夫起民间。
党人奋起十二月，集聚广场怼皇权。
呼吁废除农奴制，结束专制勿迟延。
宫中暴君尼古拉，血腥镇压复摧残。
西伯利亚流放路，满天冰雪正严寒。
相伴囚车多美妇，大义凛然不畏难。
冬宫奢华日复日，江河日下年复年。
穷兵黩武不暇歇，传来败绩接二三。
终于将士齐抗命，沙皇被逼落皇冠。
阿芙洛尔炮声响，义军涌入上万千。
工农筹建苏维埃，红星照耀息烽烟。
影响中华现代史，除却冬宫莫大焉！

反思旧京过眪载，月换星移几度圆。
冬宫侧畔汤汤水，总有涛声鸣耳边。
静观沖瀜西流去，浪潮激荡波海湾。

惜玉篇

姑苏城内乐桥南，大石头巷逾千年。

传说曩昔陨石落，占得魁星中状元。

幽巷深深多古宅，厅堂楼阁傍林园。

门庭迄今著名姓，耕读家风代代传。

《浮生六记》成编处，沈家亭苑列其间。

雕梁画栋依然在，犹见绣阁对明轩。

壁弄甬长通院落，瑶阶金井满苔藓。

楼台昔日芸娘影，凭窗梅逸倚香肩。

不期踏入三白府，月老促我一生缘。

有感沈复多情笔，我为贤妻写颂篇。

丙寅仲夏日炎炎，共青团日借沈轩。

厅堂高爽宜人坐，宣讲红岩邀我谈。

座中诸生多清隽，安静聆听颇心专。

故事教人生感慨，评说由我皆正言。

青春聚会饶生意，问答互通甚自然。

忽见南墙窗棂下，让人惊艳一婵娟。
明眸皓齿鼻梁美，嫩颈柔腮笑靥甜。
光泽宛似秦楼月，容颜好比夏池莲。
吴侬软语增娇媚，幽姿静态自雅娴。
会散径自轻盈去，袅娜身腰影翩翩。
一时变作痴情子，怅然若失我心田。
伊人道是秦氏女，佩璜芳名难忘焉。
家教由知重素质，女儿取名带玉边。
美玉唯恐先携走，惶恐不安返京前。

萌情孰不惧情殇，无奈最是请人帮。
托达心意诚祝福，先成信友有何妨。
未名湖畔思朝夕，几番风雨入秋凉。
鱼书终于到燕埠，拆封时刻忒受伤。
原是托人传情语，自己先奏凤求凰。
来函更荐柳某某，申称美女是同窗。
瞒天过海太欺人，竟将希望变渺茫。
指望再下江南日，伊人独在水一方。

111

玄机终于指北极，我似牛斗向七襄。

原来斯兄本自恋，自编自导近荒唐。

毕竟往日称兄弟，过程不必诉周详。

腊月吴城喜昊阳，和风煦煦暖平江。

二君陪我访秦府，致使合家上下忙。

五进厅园石坂路，徽雕苏作配花窗。

双亲待客真亲切，青茶红柚可可糖。

同坐沙发态和蔼，未免孜孜问短长。

攻读何校复何系，籍贯哪省又哪乡。

再问年庚今几许，还说严慈可健康。

一一作答甚恭谨，真情不必费思量。

说到自幼失怙恃，玉颜旁边情感伤。

记得告辞约外出，伊人陪予逛街坊。

府桥西街谒瘦鹃，携手观赏爱莲堂。

久坐梅屋共茶饮，彼此相对诉衷肠。

文卿从小便孤单，身世坎坷境凄凉。

但得柔情相慰藉，佳人美瞳泪汪汪。

下响日晖映盆景，庭院冉冉古梅香。

鸳鸯蝴蝶大师第，私定终身岂可忘！

燕园树色已秋黄，朝夕攻读志气昂。

毕业未就都京职，与人对换太湖旁。

我执教鞭能自信，春风满面上课堂。

梁溪入吴近百里，骑车来往持身强。

秦妹疼我夜行苦，相陪不觉塘路长。

犹记浒墅跌摔猛，秀腿踦跛颇受伤。

夜行只为省车费，积攒零钱置嫁妆。

盼到来年仲秋夜，能烧红烛照新娘。

台风滞雨更愁频，暑日三吴竟久阴。

秦妹居然情谨伤，相劝在苏勿登门。

执意前往观情势，果然面色皆沉沉。

除却小丽偷搭理，其余都变陌生人。

原来稀客沪上至，大小姑妈来探亲。

兄妹多年少来往，侄女出落美人身。

姐妹临时定主意，亲上加亲系人伦。

遂向兄嫂夸长子，就业理想且未婚。

金条廿数置别墅，租界深处近水滨。

秦家自古重婚缔，门当户对始可论。

孤苦伶仃无倚靠，难免一生共受贫。

朋友交往平常事，即使婚姻亦能分。

小辈应听长辈语，更要牢记古人云：

穿破丈夫三条裙，不知尔是什么心。

长达半月近幽禁，道干喉咙讲破唇。

软硬逼劝实无助，唯有沉默泪淋淋。

恰逢暑期长假日，余留身旁过三旬。

自知情急难解冻，插足何奈感情深。

如漆似胶爱笃久，撤兵上海笑争衡。

学院特批一婚房，几家相争如虎狼。

婚期提早实无奈，得罪岳父事闹僵。

三月八日妇女节，全家抵制遽遑遑。

既缺亲人难设酒，洞房唯摆两盘糖。

同事捧花来祝贺，新娘号啕泪满裳。

归家更是少人理，唯独小妹暗中杠。

每天出入实尴尬，路遇父亲寻躲藏。

莫谓怀孕增辛苦，气氛从此起苍黄。

弄瓦之喜徵吉庆，小家开始得休祥。

神州忽地起风雷，剧烈如同鼙鼓催。

万里幅员旌漫卷，群情振奋挺传媒。

书生意气多激越，形势浩茫倩谁猜。

当局引导破四旧，矛头专指众权威。

似乎着意转方向，四大直朝顶头开。

举国由此分两派，悉认忠诚紧跟随。

未识庐山真面目，贤妻叮嘱谨慎之。

不若自管家中事，何苦人前辩是非。

满怀豪情头脑胀，规劝当风耳畔吹。

遂将祖鞭草率认，骏马春风执幡麾。

果然秋后来算账，狴犴憎狞数载陪。

食脐窗下应凶险，面壁时分想深闺。

可卿为我陷苦境，度日艰难能靠谁？

被审家属失脸面，为夫吊胆思安危。

圆镜何期绽笑靥，小囡或可慰颦眉。

地冻天寒冰雪日，探望几度失望归。

接待室寒犹戒备，对人冷漠显严威。

未知儿夫还在否，百里回程无限悲。

世间多少哀伤事，能比学园人性摧！

日复一日年复年，岁月坎坷冤恨堆。

待到云破天开日，夫妻相会久泪垂。

115

芳心千日久担惊，艰苦长年别绪萦。

池映孤寂夜月影，露霑憔悴晓花容。

爱妻一向单薄体，羸瘦身轻病患呈。

犹务起居撑家政，忽然发烧腹下疼。

阑尾炎症方治愈，盆腔粘连更折腾。

求医问药毫无用，按摩针灸亦失灵。

悬壶济世郎中老，西医大褂嫌年轻。

张口殊难进汤水，下床唯恐独自行。

数月熬煎无何奈，陪至无锡亲照应。

得亏城中多医友，主动会诊知病情。

是时特缺糜蛋白，进口针剂免费赠。

一针见血能止痛，三针过后病已停。

殷勤侍奉多调理，增强营养赖餐厅。

脚步轻松常行走，面色丰润带微红。

二泉池畔竹罅阁，黄公涧侧观瀑亭。

锡惠公园能散步，为夫陪同可进城。

身心康泰返苏日，江城又现旧时婣。

懿德淑美看佩璜，祖母影响特贤良。

温柔敦厚恭长辈，真情怜悯待下方。

赵园攻读学师范，品行教育岂平常。

常熟同窗多淳朴，生活勤俭不铺张。

一生受益知匪浅，文卿面前常颂扬。

一针一线亲缝补，细言细语好商量。

上班下班真辛苦，待人待物喜相帮。

四时代御二年过，初秋庆诞小儿郎。

整天忙碌育儿女，不忘抽空望爹娘。

相夫教子不知累，时以歌声舒紧张。

哄儿爱唱催眠曲，音韵悠美声调长。

歌曲哼到情深处，连我一起送梦乡。

璇玑悬斡年矢催，时光荏苒岁梭飞。

灼灼韶华春去也，夫妻银发代青丝。

开放卅载新气象，不啻月换又星移。

寒山寺侧江枫苑，轩堂听雨傍荷池。

新居引尔忆祖宅，幼小秦园嬉戏时。

竹屿蕉荫观鱼乐，卧榻共读纳兰词。

生宣素手常描画，索我补空当作诗。

书房沉檀香冉冉，庭院花草日迟迟。

江城不负称天堂，果是古色复古香。

白发苏州颐养地，处处园林美名扬。

117

闹市百年多老店，郊区小镇水云乡。

夫妻更爱湖山秀，时而驱车游兴强。

写诗多颂吴文化，讴歌更喜湿地旁。

夏日温城飞避暑，冬天携手住香江。

春花秋月吴门美，秦大家中笑洋洋。

往事如烟随风去，后来但觉日方长。

天长地久青山在，与尔同沐日月光。

江枫园花咏

滨水建园林，鲜花最可人。

正月蜡梅开，幽香阵阵来。

二月迎春黄，绿萼分外香。

三月桃花著，红颜夭满树。

海棠更芳菲，雄蜂浪漫飞。

玉兰白或紫，杏儿已怀子。

四月红杜鹃，花簇遍地妍。

蔷薇亦斗艳，处处娇容现。

富态数牡丹，芍药妒其间。

五月石榴火，热烈难再得。

六月绽白莲，翠鸟来爱怜。

七月赏紫薇，百日灼灼垂。

八月琼花放，美朵最难忘。

九月桂子香，馥郁入书房。

十月展秋菊，五彩耀园居。

冬月育水仙，春节露玉颜。

腊月茶花孕，来年交好运。

我爱江枫园，花朵总嫣然。

奉和春峰学长迎春花颂

雪中四友喜迎春，柔蔓荆榛黄素馨。

六瓣微型虽小朵，四菱成阵笼晴氛。

细枝簇簇墙垣脚，嫩蕊纤纤池水滨。

一片光华添色彩，几分香气亦袭人。

怜卿何必入花讯，百卉邀来斗艳芬。

岁岁不争烂漫景，年年擅领物候新。

报春时序分南北，总有生机贯古今。

勿将春花区贵贱，丛生倩影更披金。

第二辑

大美新疆首次游

（一）河西走廊

大山夹峙过雍凉，千里河西称走廊。

乌鞘逶迤镇古浪，疏勒蜿转迳敦煌。

高僧几度传梵典，劲旅经常闪剑铓。

丝路重开通万国，玉门关外是新疆。

（二）乌鲁木齐

亚陆中心气势宏，明珠璀璨显繁荣。

街衢华厦新都会，塔寺巴扎古域风。

博格达峰冰雪皑，乌拉泊站夕阳红。

轮台昔日屯戎地，丝路今朝百汇冲。

（三）天池

清镜虚空似海瀛，瑶池倒映景通明。

奇葩芳草妍坡岸，雪岭云杉照静泓。

雨霁更亲山色美，空晴尤恋水晶莹。

尘寰得幸穆天子，仙界幽幽王母情。

（四）乌市观歌舞表演

七彩华灯耀大堂，龟兹歌舞最难忘。

旋飞宛若惊鸿态，亮相映发明月光。

喀什香妃芳泽永，楼兰美女血缘长。

人间虽有天仙境，游子牵愁是故乡。

（五）登博格达峰

林路盘旋上翠岑，石门乍现势森森。

巍峨峭壁相逼仄，湍激飞流傍径阴。

峡色烟熏肖铁柱，水声吼啸渗山音。

瑶池远在云深处，隐在周遭众巘嵚。

（六）忆张骞

忽忆张骞使月支，秋风骏马美髯姿。

始通西域开丝路，终令匈奴无患罹。

多有英雄临瀚海，新营督护驻强师。

今宵得望轮台月，疑是从戎两汉时。

（七）轮台之夜畅想

果然气象属新疆，四至幅员谁敢当？

葱岭天山争烂漫，边城省会俱辉煌。

荒原戈壁连穹宇，水甸芳洲如梦乡。

故垒苍茫薄暮里，驼铃阵阵过沙冈。

（八）过准噶尔盆地

绕行戈壁路漫漫，遥望山河尽曲盘。

自在羊群牧草野，飞驰车阵向林峦。

陆离岩石沿途见，明艳神湖岗上观。

江市直通三国境，要津从古称奎干。

（九）五彩滩

五彩长滩绚丽姿，风光最是仲秋时。

雅丹地貌呈明媚，额水天湄泄玉漪。

丘色似歌生幻境，梦乡如画染晴曦。

云霞眷恋黄昏野，遍撒珍珠系我思。

（十）阿尔泰山风光

大河流向北冰洋，阿尔泰山气势庞。

云脉绵延八百里，星湖点缀一千溏。

彩虹增艳那仁夏，旭日添辉禾木乡。

一代天骄多子裔，放歌牧野曲悠扬。

（十一）喀纳斯湖

层林丰茂染金黄，衬托仙池翡翠光。

五彩斑斓神秘境，四时美奂冶游乡。

澄波伐棹摄峰雪，山顶观鱼任鸟翔。

喀纳斯湖王者水，天然油画冠新疆。

（十二）喀纳斯河诸景观

翡翠涟漪耀碧天，斑斓山色斗娇妍。

花楸谷艳寻仙境，月亮湾幽见圣泉。

翠柏白桦相掩映，红杉黄桦竞华鲜。

原来造物怜颜色，喀纳斯湖最灿然。

（十三）魔鬼城

乌尔禾丰魔鬼城，狂风怒号惹人惊。

三更虎啸复狼嗥，九谷迷魂又断情。

走石飞沙艰险境，残垣颓壁幻梦倾。

荒坍百里无生气，夜半时闻惨叫声。

（十四）伊犁赞歌

浩瀚新疆景色美，风光尤属伊犁水。

蜚禽游弋伴烟霞，雪岭洁然呈旖旎。

夏塔浩渺画境中，紫苏瑰艳浣花里。

清幽锦绣比江南，壮丽恢宏疑大理。

（十五）参观林则徐纪念馆

鼓岭苍烟望闽岗，浦风夔凤起潇湘。

犁庭扫闾千秋业，寨海咸防二氏扬。

流放捐渠林少穆，兴兵复土左宗棠。

波光潋滟伊犁水。总似勋功映大疆。

（十六）昭苏

汗腾格里仙之都，雪岭蓝天如画图。

草甸千漪成绿野，池边百卉媲红芙。

秋峰横亘冰达板，夏塔峡通山谷隅。

故国乌孙英冢在，教人致礼过昭苏。

（十七）托木尔峰

托木尔峰绝顶边，多姿崒嵂似白莲。

亿年境土琼瑶境，一片光华韫玉天。

达板盘弓通雪域，巉岏垭口泄冰川。

高山渊谷观巅墈，谁不尊崇大自然。

（十八）夏塔河谷

雪峰绵亘势磅礴，深谷湍流夏塔河。

莽脉逶迤延境外，巅顶巉岏与天合。

冰川融淌千年水，古道蜿蜒九曲阿。

玄奘取经曾往复，犹留胜迹证传说。

（十九）果子沟

塔勒奇山果子沟，逼仄百里扼咽喉。

悬崖峭壁千峰耸，瀑布飞湍一激流。

芳草香花漫谷艳，苍林醉叶半空幽。

高桥隧洞三台海，绝险必经松树头。

（二十）细君公主墓

乌孙山下草原边，公主细君此地眠。

夏特河峡呈绿漪，汗腾格里笼岚烟。

罪臣幼女多风险，国主夫人二度圆。

一曲琵琶黄鹄怨，教人听罢泪如泉。

（二十一）八卦城

特克斯城景象奇，乌孙故土得风宜。

东西经纬垂南北，震巽卦爻并坎离。

辐辏轮廓街织网，兴隆廛市众和熙。

阴阳禀气太极谷，策划鱼图丘处机。

（二十二）格登山上纪功碑

格登山上纪功碑，二百年来竖远陲。

天子四铭歌伟业，大疆一统舞龙麾。

褒功赞勇颂韬武，开化安边见抚绥。

风蚀雨剥文漫漶，新亭护石沐朝晖。

（二十三）琼库什台

连绵起伏景妖娆，琼库什台分外娇。

曼妙柔坡接雪顶，天然弧甸秀蛮腰。

清风翠韵生原野，幽谷晴峦衬碧宵。

宛若东山魁夷绘，凭空翻滚大洋潮。

（二十四）赛里木湖

海子柔波美且都，天山丛树恬澜区。

潜游红鳕追金板，嬉戏仙鹅伴野凫。

杳渺幻成空蜃影，林峦实况辋川图。

大西洋上相思泪，最后一滴变此湖。

（二十五）那拉堤大草原

原野仲秋正耀辉，绒茵百里草葳葳。

碧坡辽曼缘清水，绿甸汪茫远翠微。

牡马雄牛分散漫，毡包人影互偎依。

青春可否再还我，直想著鞭场上飞。

（二十六）通天河

难怪开都焕昊天，河流九曲十八弯。

沼泽湿地增诗兴，雪岭茵坡得画篇。

山里鹅湖观戏禽，空中草甸望飞鸢。

高原放眼真无际，唯见毡包升紫烟。

（二十七）夜过天山

即日严霜落仲秋，岩崇路陡惹人愁。

盘行穹谷云湄险，驰向巅峰雪国游。

湿地融溶高岭上，霞光变幻远嵚头。

心情自在天山顶，未觉黄昏景色忧。

（二十八）巴音布鲁克草原

巍峨天山林麓南，莽原千里绿波涵。

青穹朗润草芊美，岚气氤氲泉乳甘。

烈马呼啸饶野趣，仙鹤嬉戏恋湖湛。

开都河水弯如练，镇日迎风皱浅蓝。

（二十九）新疆秋颂

银巅金谷映晴川，大美新疆秋正妍。

原野恢宏海子阔，层峦清寂月儿圆。

不同玉色云边雪，一样蓝光水底天。

自古龟兹兴艳舞，昆仑或许遇神仙。

（三十）南望塔里木盆地

沙涛滚滚起昆冈，广袤无垠似海洋。

天际驼铃留寂影，漠空落日降苍凉。

涸流探险寻罗布，丝路征程过诺羌。

古国楼兰何处是，残垣断壁傍胡杨。

（三十一）高昌故城

回鹘一统据高昌，故垒北庭朔汉唐。

海市蜃楼戈壁影，奇台耸峙雅丹岗。

鸣沙山谷胡杨挺，玛瑙沟中化石藏。

上坎飘来边塞曲，悲凉激越似刀郎。

车师前国治交河，柳叶洲形环碧波。

土路深邃千米拓，窟居栉比数层罗。

官衙区署觅王殿，古刹浮屠识曼陀。

卧立残垣风雪裹，世间最美废城阿。

（三十二）哈密即兴

哈密区分南北边，天山横亘笼岚烟。

燧燧古堡寻丝路，林海草原辟陌阡。

巴里坤湖四季美，庙尔沟谷万芳妍。

王陵东侧圣人墓，传教盖斯终未还。

（三十三）吐鲁番葡萄沟

博格达南吐鲁番，雅丹地貌绕沙盆。

暗渠涝坝坎儿井，烈日腾烟火焰嶂。

督府流芳额敏塔，高昌怀古颓城垣。

葡萄峡谷摘藤果，好赏巴依游乐园。

（三十四）昆仑颂

万山之祖号昆仑，嵬嶭磅礴无际垠。

望尽银峰空缈缈，远摄嵝岷势崚嶒。

瑶池何处隐丹阁，云纪依稀述紫阊。

有史以来穷造化，立极西域阅乾坤。

（三十五）梦

时空穿越亦煌煌，夜梦居然在汉唐。

烈马嘶鸣飘纛羽，荒原惨淡战沙场。

前锋傲啸齐冲阵，静营悲笳众举觞。

雪海林边篝火畔，英雄起舞伴胡娘。

青藏高原讴歌

（一）青海湖

天光水色广相连，巨浸狂澜果灏然。

万里蓝波浮翠屿，千年白雪望瑶巅。

仙湖四季游裸鲤，鸟岛长年旋鹤鸢。

沿岸绵延大草野，春风送暖百花妍。

（二）塔尔寺

莲花山麓古塬涯，宝刹闻名数亿家。

十万旃檀狮子吼，八如来塔玉光华。

雄浑最是金瓦殿，供养尤尊宗喀巴。

入藏先参塔尔寺，祈求沿路保安遐。

（三）戈尔木

坐落敦煌拉萨间，高原来往必缘悭。

晴空万里柴达木，横亘千秋唐古山。

碧绿盐湖青海景，晶莹冰雪格拉丹。

看过袅娜羌人舞，入藏还需远处攀。

（四）唐古拉山口

难得悠游楚客魂，当拉山口望朝暾。

千年风雪仓房岭，万里滥觞扬子源。

青藏咽喉关隘地，天河锁钥必经门。

海拔超越五千米，生命禁区未妄论。

（五）致友人

虽说转瞬已白头，梦里犹思雪国游。

倚枕筹谋行旅路，身边难得觅同俦。

黄娇半酣无多语，碧水一潭不解忧。

倘若青春还你我，除非旧雨复何求。

（六）登程

一往情深佛国游，遐龄入藏可堪忧。

高原龙脉行天路，宗喀荒滩现蜃楼。

参拜湟中塔尔寺，途经那曲古羌州。

风光最是观鹰隼，展翅长空任自由。

（七）过羌塘

经奔那曲过羌塘，千里无人原野荒。

湖畔旋飞黑颈鹤，身边迅跑藏羚羊。

色林东错澄波灏，唐古拉山绵脉长。

毕竟旧时为大海，风吹草浪似汪洋。

（八）拉萨

筑刹兴都始吐蕃，轮圆具足曼陀罗。

逻些自古神佛地，吉曲长流幸福波。

林卡蒔花常馥郁，颇章宝殿久巍峨。

恢宏最是大昭寺，妙相庄严供养多。

（九）布达拉宫

吉曲长流过卧塘，一川风水蕴中央。

文成公主居宫掖，松赞干布始称王。

金殿恢宏置宝座，珠璠瑰丽饰华堂。

吐蕃立国即雄起，拓展舆图霸一方。

崇弘梵宇并王宫，构筑依山气势宏。

教职官僚集宝殿，供堂灵塔礼佛容。

涌莲初地寂圆满，达赖涅槃塑穆雍。

金碧辉煌香客拥，普陀再现日光峰。

（十）罗布林卡

罗布林卡最灿然，风光甚似颐和园。

一湖春水浮亭阁，万柳柔绦掩榭轩。

几处颇章耸玉殿，各科奇葩绽嫣妍。

夏宫半载勤行政，冗绊金身好付闲。

（十一）林卡歌声

林卡频传美妙声，金喉婉转惹人惊。

高亢激越凌云际，窅漫悠扬荡窈泓。

天籁之音添想象，藏讴如梦倍抒情。

酣歌一曲摄魂魄，冶艳传神幻觉生。

（十二）大昭寺

古刹千年愈炜煌，大昭煜煜市中央。

巍峨宝殿应星宇，缭绕祥云笼卧塘。

法相庄严相映照，转经囊廊永盈香。

佛陀幼岁金身在，络绎趋参来万邦。

（十三）八廓街

古刹周遭闹市中，长街环绕业兴隆。

塔钦祈福幡杆耸，曲米听声泉水溶。

亲抚文成公主柳，参观赞普法王宫。

顺时转走摇经筒，默诵真言叭咪吽。

（十四）玛吉阿米

八廓街头古店堂，盘於犄角外墙黄。

向来朝市沽茶点，镇日楼台逸酒香。

达赖欣逢仙女地，金宵惊艳玉蟾光。

教君空忆迷人影，留有情诗数百行。

（十五）宗喀巴设坛

佛前灯火正阑珊，宗喀巴师降世间。

新派创兴称格鲁，伽蓝筹建取甘丹。

兼修显密通经典，规范戒行操守严。

黄教传承转世法，掣签达赖与班禅。

（十六）甘丹寺

甘丹古刹适时兴，格鲁薪传奉祖庭。

筹建丛林登法座，修行正觉译佛经。

神尊礼器吉祥喻，宝器珍盎皇帝赠。

宗喀巴师驻足地，梵宫演诵重聆听。

（十七）哲蚌寺

更丕乌孜莹雪冈，神山梵宇显辉煌。

法轮宝幢饰金顶，哲蚌强巴立昊苍。

格鲁宏琏六古刹，措钦大殿四扎仓。

庄严富丽矜佛土，雄朴苍凉冠一方。

（十八）色拉寺

烟雨楼台六百秋，依山傍水景观幽。

僧徒聚众常经辩，喇嘛闭关自静修。

宝贝明珠珍藏久，朱文唐卡更难求。

玫瑰初夏着花日，香客好来浪漫游。

（十九）拉萨之夜

尤恋逻些入暮时，倚江小饮望旋玑。

星晖朗曜离身近，夜色撩人就睡迟。

水畔鹰笛正伴舞，石台藏戏演神奇。

英雄行止多威武，卓玛浓妆亮美姿。

（二十）柏王

巨柏称王世上稀，两千余载蔚神奇。

林间堆聚石帮朵，枝梢飘扬风马旗。

苯教祖师生命树，娘池僧众祷灵异。

尼洋河畔冠形胜，接踵前来探景熙。

（二十一）桃花沟

佛国忽帔艳艳光，漫山娇媚女儿妆。

夭夭之美呈仙境，灼灼其华映雪乡。

嫣磳期谁吟妙句，溪源待我问津郎。

林芝已过桃花节，念里陇冈犹滞香。

（二十二）苯日神山

苯日神山浮黛青，尼洋河畔显峥嵘。

葱茏高耸通天树，碚磊横排异石陉。

圣地锡封由弥沃，麓林护法胜莲生。

余怀向往更钦寺，唯愿年年来转经。

（二十三）苯教

苯教肇兴始象雄，三弘二灭几盈冲。

辛饶弥沃真王子，原始尊崇融渥功。

苯日神山胜斗法，玛旁雍错断烟鸿。

林芝阿里留基础，密宗信仰续流风。

（二十四）雅鲁藏布江大峡谷

雅鲁藏布马蹄弯，旖旎风光最大观。

郁郁层林俯绿漪，崴崴叠嶂拥青峦。

纵深龙谷世间少，绝险羊肠跻陟难。

确信天然山水美，多吉帕姆卧姿前。

（二十五）南迦巴瓦峰

冰山之父有名称，信是中华最美峰。

植物垂直分带谱，断崖绝壁险悬生。

旗云似火腾神雾，雪顶如银耀碧空。

俯瞰江弯千仞壑，丛林瀑布浪涛声。

（二十六）听藏女演唱

一曲悠扬颂古今，藏族原是唱歌民。

风情浓郁高原调，银嗓圆甜天籁音。

卓玛父亲常绕梦，央金天路更牵魂。

听时陶醉声容美，首饰光华也诱人。

鹭声呖呖遏行云，藏女歌喉啭似银。

激越高亢惊婉转，柔和圆润喜清新。

溪流幽咽鸣穹谷，鹰隼回旋翔远岑。

妙曲岂独天上有，初来雪域几回闻。

（二十七）甘南

甘南谷地好风光，毓秀钟灵著一方。

部落联盟悉补野，泽当古始重拓荒。

聂墀赞普承王位，雍布拉康初上梁。

琼结从来多艳女，达娃卓玛美名扬。

（二十八）贡布日山

贡布日山处雅砻，四神托举半浮空。

观音使化猕猿面，度母幻出魔女容。

数载亲昵猴子洞，两情孕育俊儿童。

泽当水草原丰美，族裔衍蕃卫藏中。

（二十九）桑耶寺

哈市山峦滴翠峰，麓林香火久熙隆。

初兴梵宇称存想，三宝皈依赞赤松。

雄伟乌孜金大殿，锵訇妃子紫铜钟。

藏传佛教发祥地，宁玛萨迦法共宏。

三宝足徵起陇岗，桑耶古刹肇梵堂。

乌孜大殿正中立，瓮塔金刚拱四方。

金鼓齐鸣闻领颂，默念真言转经廊。

莲花大士声名在，各派相融更著光。

（三十）密宗

藏密初传势若波，前弘施教重降魔。

智悲一体金刚乘，空乐双修欢喜佛。

宝刹桑耶七觉士，莲花生座二弥陀。

瑜伽理趣合心印，雪域修行诵咒多。

（三十一）湿婆崇拜

吉祥标志号林伽，相配约尼状如花。

性力湿婆尊印度，密宗宁玛继衍那。

生殖崇拜兴原始，神圣殿堂演瑜伽。

惟妙模型陈庙外，管教汉女害羞煞。

（三十二）雍布拉康

雍布拉康宠命隆，扎西次日主山耸。

藏王聂赤骑肩坐，红柳香莎母子宫。

牝鹿峰峦龙脉地，吐蕃基业泽当鸿。

曩时本教初筹建，终为佛陀供寺中。

（三十三）昌珠古刹

鹏龙古寺号昌珠，永镇罗刹魔女驱。

宁玛弘佛拓广苑，吐蕃立国控中枢。

幸存乃定拉康殿，宝有观音憩息图。

多少大德曾住持，雅砻江畔水灵区。

（三十四）卡若拉冰川

崎岖冰川卡若拉，铺天盖地洩层沓。

蔚蓝晴宇彩云浮，洁白皎晶雪浪匝。

万载堆集峰顶银，何时冲落坡舌腊？

麓原年楚势汤汤，融水清风人爽飒。

（三十五）纳木错

腾格里海美且都，纳木错湖如是呼。

涵映蓝靛碧落色，波澄瑰丽靓明珠。

唤称帝释天王女，爱认念青唐古夫。

苯教奉为神圣地，羌塘镜泊水云图。

（三十六）扎什伦布寺

后藏名城溪卡孜，扎什伦布世间知。

欣逢西莫钦波节，鉴赏金刚神舞时。

禳鬼傩仪威武貌，迎佛祈愿俊英姿。

密宗羌姆殊难得，八月来观慎勿迟。

　

年楚河边佛国游，吉祥殊胜各方洲。

强巴宏伟当空立，灵塔庄严静穆休。

历代班禅驻仗地，百年僧众辩经楼。

宫墙迤逦三千米，金桂檀香院内浮。

（三十七）藏舞

藏舞三宗名气扬，堆谐弦子并锅庄。

活泼膝颤罗圈转，潇洒肩悠甩袖长。

动律轻盈观卓玛，场容热烈看吉祥。

流行千载萨迦索，拟兽源头自古羌。

（三十八）象雄古国

古国辉煌属象雄，金鹏展翅认图腾。

藏根此地称原始，本教当时已创弘。

堡塞残垣留日土，都城遗址探穹隆。

千年鼎盛踞中亚，一夜覆亡怨后宫。

（三十九）冈仁波齐

阿里之巅雍错滨，终年冰雪笼白云。

群生敬仰尊神境，四教恭虔世界心。

大梵天王驻杖处，瓣莲古国象雄魂。

转山信众知多少，朝拜千秋亿万人。

（四十）玛旁雍错

镇国神湖罩彩虹，清澄万顷绿沖瀜。

三江觞滥流天竺，千载洪波泽象雄。

澈水孰称公主泪，荒滩何处败王冢？

苯佛斗智传佳话，对应圣山耀碧空。

（四十一）拉姆拉错

雪域寻根碧水滨，环山岚气散氤氲。

吉祥天女湖波影，前世今生象喻陈。

神秘轮回无或有，虔诚报应果与因。

灵感教人从教化，到此端详也认真。

（四十二）珠穆朗玛峰

雄踞环球最顶巅，晶莹冰海耀长年。

无垠玉色琼瑶境，广宇蓝光碧落天。

雪域清凉真净土，圣湖潋滟映神山。

珠穆朗玛云端外，俯瞰三极傲世间。

（四十三）昌都

扎昂汇入古昌都，波涌澜沧若画图。

市肆繁荣茶马道，山川形胜景观区。

苏毗女国多遗迹，梵刹丛林拥信徒。

四省交通枢纽地，藏东朝拜必经途。

（四十四）丙中洛

峭壁悬崖傍怒江，察龙山谷奔急泷。

嘎娃嘎普神峰耸，云外云中花果香。

民族繁多敦睦处，人神同在谧安乡。

此行难忘丙中洛，入藏归来得褛庬。

（四十五）香格里拉

色彩斑斓最丽都，山明水秀世间殊。

奇花异草争娇艳，绿甸苍林尚绘绚。

倒映银峰翠塔海，边镶莹镜属冈湖。

后方消逝地平线，回首频频别藏区。

（四十六）访藏民村舍

参观禄利藏民家，小院清洁多种花。

牦奶油茶先敬客，青稞羌酒就糌粑。

楼前楼后分七室，阿爸阿叔共一妈。

卓玛闺中犹待字，芳心情愿娶哥仨。

（四十七）格桑花

格巴桑布御寒花，色彩缤纷若晚霞。

八瓣香葩徵盛世，多丛嫩蕊喻繁华。

寄托纯嘏藏民喜，靓饰颜值汉客夸。

难得雪莲并姐妹，艳容何日遍天涯？

（四十八）鹰隼

雪域高原敬大鹏，苍穹展翅视休徵。

雄姿翔翱生神气，号唳惊空显威凌。

相饲以身佛故事，灵魂转世籍飞升。

仙槎得意自由体，千里风云尽课程。

（四十九）藏游有感

西藏漫游阅古今，异乡风物喜亲临。

祥和民族多淳朴，神圣湖山久夙钦。

好在自然观大美，能于庙宇得清吟。

悠闲逾月除烦恼，净土归来一洗心。

云南纪游

（一）高原印象

高原峇峇复苍苍，俯瞰层峦叹大荒。

莽脉腾空千攒顶，泷流蜷曲九回肠。

龙潭水清通僰寨，虎跳峡深入藏乡。

难忘灵山谲雾里，彝歌傩舞觅神王。

（二）昆明

环顾诸峰万木深，龟蛇盘踞几山岑。

昂镶金马钟王气，轩矗碧鸡晓众心。

讲武堂闳出将帅，状元楼耸褒贤琛。

珠歌翠舞梁州地，世纪花坛冠古今。

（三）极目滇池

风光最是大观楼，旖旎湖山一望收。

郁郁烟岚浮峻岭，蓁蓁柳色绾螺洲。

稼堂耕馆相邻建，挚友亲朋结伴游。

历数英雄谁尚在，苍空落照惹人愁。

（四）鼎革时期人物

强蓄蛾眉为拱宸，将军一顾解愁颦。

纵兵夺爱黄巾乱，借援复仇赤县沦。

兰若皈依难遁世，莲池身殁始脱尘。

滇边谁唱圆圆曲？只爱西山睡美人。

（五）南诏怀古

复古僰人居是乡，庄蹻受命始开疆。

神州一统归秦郡，玉印分封仰汉皇。

因俗羁縻谋划远，茶马古道运程长。

英豪最念皮罗阁，六诏兼并依大唐。

丰功铁柱有唐标，天宝兴兵万骨销。

玉斧虚挥容大理，革囊跨渡属元朝。

树碑立坊勋功显，改土归流清主骄。

霸业恢宏谁持久？聚族欢舞乐逍遥。

（六）大理赞

七彩云南何处求？泱泱大理古雄州。

接天洱海碧波冶，拨地苍山玉气浮。

三塔光昭千载寺，九重隆盛五华楼。

人间果有神仙境，艳舞浓歌邀客留。

（七）下关风

巨浸南厢峻岭东，年年奇刮下关风。

狂飙卷雪袭阡陌，怒气冲霄吼昊空。

盛传飞帘常送爽，初惊飓戾暂收工。

宝瓶亦助多情女，海上及时鼓救蓬。

（八）上关花

十里芳菲耀上关，嫣红姹紫斗娇妍。

当年一树朝珠子，兴替百花媲玉莲。

香气醉君生缱绻，艳光迷我恋婵娟。

繁花似锦观音市，且待来年三月三。

（九）苍山雪

方岳堪称海内奇，峰峦闪耀倚天维。

岚蒸远岫松杉韵，辉映长空冰雪姿。

百里雾云横玉带，十八溪水降银夔。

仙人应喜琼瑶境，何必乘风过九嶷。

（十）洱海月

潾潾百里漾明湖，山国居然现水都。

翠屿风和花艳丽，芳洲雨霁草菁芜。

雪螺峻影嵌银镜，烟月柔辉映玉壶。

天下争夸夜色美，敢与洱海比分殊！

（十一）玉龙雪山

玉龙耸峙丽江边，皎皎银辉照碧天。

主脉绵延拥雪域，群峰豁口泻冰川。

林渊翠气翔鹰隼，山麓郁芬托杜鹃。

三朵神祺何处在？白云缥缈似裡烟。

（十二）玉泉公园

正是名泉逢夏时，盈盈灿灿有仙姿。

柔辉映照高峰雪，清影纷呈垂柳丝。

五凤朝天升幻觉，一楼得月惹情思。

池边更显玉龙美，难怪诸贤多赋诗。

（十三）逛大研古城

老城竟现古商衢，巷陌沿河紫石铺。

列市麇集工艺品，招牌都篆象形图。

红灯水阁随歌舞，绿酒桥廊带醉酤。

犹似乾嘉隆盛日，寻幽揽胜过姑苏。

陕甘豫游兴

（一）周召分陕地

陕原锁钥割秦韩，横亘嵌釜破晓看。

俯瞰山东寻洛水，遥瞻函北叹重峦。

因思王翦行军旅，犹念老聃出考盘。

此去潼关二百里，栎林深处是长安。

（二）古长安

毕竟都京最大观，雄城百里古龙盘。

曲江潋滟灯中漾，雁塔巍峨云际间。

王寺汉时留细柳，林坡唐世设金銮。

皇朝更替十三代，嗟尔臣工数万官。

（三）登大雁塔

圣教碑文镶满篇，七级承露入摩天。

长安历历环八水，古道绵绵过五原。

施教未尝倾国醉，礼佛甚至满城烟。

青莲携酒高吟日，应是唐京隆替年。

（四）大雁塔

都城标地竟如何？雁塔凌空势巍峨。

进士题名称颂事，高僧供奉入摩诃。

悉摹华夏浮屠景，迥异身毒窣堵波。

玄奘恭藏舍利子，梵经翻译是时多。

（五）华清宫

阆苑千年令眼花，别宫终究帝王家。

温泉能臆玉环影，宏殿尤呈御驾奢。

霓裳羽衣奏美曲，梨园子弟证豪华。

芙蓉池水多莲朵，宛似宠妃面若霞。

（六）骊山

千金一笑戏烟峰，褒姒骄矜冷艳容。

周室随即遭鼎革，骊山依旧耸葱茏。

泉流石罅温汤浴，雨霁林峦靓顶峰。

历代皇家修苑囿，椒房兰室寄情浓。

（七）秦始皇陵

卅里青峦景色幽，临潼马额有圜丘。

南依戌骊林峰绕，北向台塬渭水流。

霸业初兴成一统，皇冠肇始历千秋。

秦陵阡表虽常在，巨冢空生万古愁。

（八）兵马俑

气势恢宏猛悍兵，军容威武正出征。

戎行咸为龙飞旅，列阵无疑勇斫营。

队伍雄浑随骠骑，甲盔抖擞尽豪英。

人间奇迹知多少，举世第八不负名。

（九）秦川首次游

一入秦川驰若飞，高天古阜映车帷。

千村精壮刈金粟，沿路娃兵执火旗。

赤羽当年低野树，朱竿几度撼皇基。

英雄应属异人子，初统山东六国时。

（十）乾县永泰公主墓

公主身着锦绣衣，嫔娥簇拥状熙熙。

回眸姣好花颜色，款步婀娜仙舞姿。

玉璧伫留明月影，金枝化却古原泥。

汉神无奈洛阳铲，盗走深宫百世稀。

179

（十一）天水

树茂山深沸渭流，羲皇故里古雍州。

忽倾天水成滢漾，久奉神农获绿畴。

宗庙辉煌太暤祀，羌民崇缅女娲旒。

麦垛仙窟云际里，一登宛似九霄游。

（十二）五丈原

广远高平五丈原，周遭崎危大山巇。

蜀军斜谷兴邸阁，魏国营盘踞水沄。

强将精兵经鏖战，木牛流马运辐轓。

古今多少英雄过，诸葛庙前洒泪痕。

当年列阵惹人惊，十万精兵杀气生。

水雾腾疑司马帐，星辰耀似孔明檠。

六出惜无荆州旅，数战不赢曹魏兵。

山麓耕田今尚在，难寻关口旧屯营。

（十三）秦岭

横亘中华龙脉长，远瞻秦岭度陈仓。

太白窈峭冰晶顶，紫陌绵延渭水梁。

足印神奇生后稷，山川形胜霸初皇。

飞车绕过雍凉地，穿越群峰洞里厢。

（十四）过洛阳

一十三朝称帝都，风流文采世间殊。

斟鄅肇始兴京兆，洛书原来率典谟。

金谷绿珠贞女眷，龙门佛影武皇躯。

冶情最是白居易，履道里多山水区。

浙江游兴

（一）涌金门

涌金门外水如烟，点点游艘缥缈间。

湖上葱茏浮岛屿，岸边青翠隐伽蓝。

荷风曲院思苏子，花雨断桥念许仙。

寻到琴操歌舞处，聆听古乐感悲欢。

（二）平湖秋月

春阳艳艳水晶莹，山影遥镶镜面平。

绕岸廊亭舒朗润，凌波绮榭取空灵。

楹联好颂千漪美，诗句多歌一月明。

想象中秋佳节夜，华光仙境万人盈。

（三）西泠桥

一湖春色数西泠，依偎孤山耀眼明。

金粉六朝游冶地，铅华百代慕才亭。

红颜自古多薄命，青史而今竟有名。

油壁香车无觅处，聊从诗句解深情。

（四）白堤

潋滟湖波熏软风，白堤五里著桃红。

期与嫩柳生春色，唤得蛾眉昵艳容。

笑靥柔葩娇共语，眸光冶态韵相融。

枝前倚立合闺性，面影香魂如梦中。

（五）六和塔

浮屠仰望愈崇高，宝刹庄严感尔曹。

浩渺西迎天目水，巨魁东镇海宁潮。

凭窗遥现山阴道，面壁细观古宋雕。

初登已是少年事，但爱之江叹大桥。

（六）九溪十八涧

九溪晴日野香秾，萦绕青峦过几重？

古木千章林郁郁，空山十里水淙淙。

沿坡只见梯田绿，满谷原为茶树丛。

借问垅前采撷女，此间何处是狮峰？

（七）龙井问茶

重阁楼台山势斜，乾隆路上百多家。

狮峰雨后方升霭，龙井村中好问茶。

夕品香茗增野趣，旁观秀女析新芽。

清皇驻跸荫泽地，借宿来年不厌奢。

（八）竹颂

天目崚嶒冠竹都，盘旋念里进山衢。

篁林嶙谷成龙范，笋阵云陂育凤雏。

筠韵篝光多翠峪，湍流堰塞几晴湖。

廊桥气象尤生动，箪食皕泉慰朴儒。

（九）百草园

园林茂郁草葱芊，四望群峦断复连。

寻径雾迷竹海帐，探源浪溅浦江船。

千般绿色山中树，一样蓝光水底天。

莽甸忽闻嘶烈马，教人止步忆朱然[1]。

注　释：

1. 朱然：三国时东吴名将，安吉人。家居今日百草园，有朱家井遗址。

（十）九龙峡

九龙之说起于李唐，谓龙生九子，性情各异。以个性各司其职。如，囚牛好音乐，嘲风好险，负屃喜文，霸下善负重，狴犴好讼，睚眦好武，蒲牢声吼，狻猊喜水，鸱吻好望云云。安吉大溪为天目山以瀑布闻名景点。不知何时，此涧谷以九龙峡命名，以水流山势特点，分别用各龙子形容各景点。以名彰景，令人遐想。余因以其名趣其景入诗，不负浙西之游也。

囚牛琴泻喜吟猱，势若奔鲸激蒲牢。

赑屃蟠螭腾磊浪，狻猊狴犴守林皋。

嘲风据险兴飞瀑，睚眦凭空乱舞刀。

鸱吻悬河偏放眼，自矜三教重吾曹。

（十一）投宿大溪村

暮色倏然降大溪，林峦向晚早昏鼜。

问茶夜市心方醉，望月深山情更迷。

村砦通宵多吠犬，纱窗复旦就闻鸡。

清晨爽气沁胸臆，激我攀登百丈梯。

（十二）藏龙百瀑

轰轰百瀑降岩峣，曲涧烟腾十里遥。

果有青龙藏雾谷，化成银蟒落云峤。

神龟镇日听千汛，虹螮终年贯一桥。

且抚新篁望泻水，风光更在九重霄。

（十三）赞白茶

龙井香承造化工，碧螺春色太青葱。

清旗自应生幽谷，玉露当然撷顶空。

试品三泉思陆羽，连斟七碗笑卢仝。

除烦雪滞提神智，难怪风靡两宋宫。

（十四）乌镇

欲向胥塘逛水廊，秀州一绕入桐乡。

稻熟北浙观秋色，客涌东栅觅古香。

五彩染巾晾井院，三白酿酒售前堂。

桥边犹见林家铺，影视促兴生意场。

乌镇缘何如是呼？河塘渔事赖鸬鹚。

古街依旧石条路，廛市复兴木板铺。

往日昭明攻读处，今存茅盾启蒙区。

楼台窗影藏闺阁，石座临流坐美姝。

（十五）游嘉兴南湖

鸳湖风物历千秋，卓卓独标烟雨楼。

绿树蓬莱环石屿，红萱仓圣小瀛洲。

波光潋滟划轻棹，水气迷蒙凫野鸥。

忽忆牧斋拟百韵，暮春寄兴木兰舟。

霏霏细雨润嘉禾，烟水迷离千顷波。

野鹄依稀飞缥缈，垂杨丛聚望婆娑。

美人画舫留芳久，高士诗文镌锲多。

但喜鸳湖缱绻曲，朱轩舞袖配笙歌。

（十六）海宁观潮

阴历八月既望，钱江一年一度兴潮。自大缺口经盐官镇至美女坝，四十公里间，连日现人字潮、一线潮和回头潮，蔚为壮观，亦宇内千古奇景也。

金秋初探海宁潮，郁郁愁城一旦抛。

水线龙腾兴浩荡，人群雀跃逐喧嚣。

荒台几代停傩舞？古塔何年息怒涛？

姑且香茗当美酒，盐官堤上醉滔滔。

俄顷风生现雪涛，轰鸣疑是昊天摇。

狂澜卷雾飞千骏，骇浪惊神腾万蛟。

哪吒悲魂复闹海，伍员怒气仍冲霄。

归途犹自慑心魄，思绪联翩亦涌潮。

（十七）月河忆游

春意盎然逛远郊，府城小镇乐逍遥。

古塘摆渡学摇橹，酒肆尝鲜点美肴。

秀水兜街天窄窄，月河长埭野悄悄。

临流灯火多宾舍，何处悠悠吹洞箫？

江苏游兴

（一）无锡

鼋头渚

鼋渚风光总大观，山弯亲水水连天。

白帆点缀新图画，绿浪击拍清籁弦。

往事悠悠成幻梦，诗情涌涌颂花妍。

邀来隽友为叙旧，追忆当时正少年。

太湖即兴

震泽浩渺映秋阳，点点征帆若鸟翔。

径自鼋头亲水渚，还从螺曲昵云岗。

绿杨蔓垛思西子，黛岛眉峰忆孟光。

万顷烟波千载事，无前兴会醉斯乡。

蠡园月夜

畅饮渔庄执玉觚，醇香斟满醑陶朱。

邀来隽友观明月，胜去惠泉臇竹垆。

金匮韬光何处有？梅园疏影觅时无。

劝卿再唱一支曲，莫负良宵过五湖。

黄公涧

盘郁云中境已深，苍山际雨更钟神。

倚亭观瀑惊飞雪，濯足流泉竟洗心。

满涧烟腾千骥骋，凌霄电闪九龙吟。

凭虚忽念黄门客，不愧珠履只一人。

游梁溪名贤祠题咏

惠山松翠景纷呈，龙脉盘虬气象生。

陡峻三峰称圣境，祠堂百座纪贤英。

或为金匮城池美，但爱梁溪沧浪清。

总是择居成兴致，渊源千古襟怀风。

荡口

鹅肫古荡淼汧汧，万顷涟漪映碧天。

伯渎溶波入浦口，斯乡昌盛衍湖边。

石桥拱卧连廛里，水网纵横摇橹船。

鳞次铺商排两岸，传说兴镇上千年。

人文古镇久留芳，耕读传家仁义邦。

艺苑王莘留曲韵，宗师钱穆冠文场。

云长供奉伽蓝殿，华府尚德诒谷堂。

忽念书生唐伯虎，当年佣隐在何方？

（二）江南古镇游

周庄

周庄近日更氲氤，细雨霏霏树色新。

总有渔歌招远客，常说故事待来宾。

财神殿适淘金侣，全福寺拥参拜身。

钥匙桥东银子浜，万三水冢警游人。

迷楼

贞丰桥堍小迷楼，白堕飘香陈设幽。

才俊约来常醉酒，媚娘竟夕啭歌喉。

诗人赋颂颜值美，社友情为国事酬。

志士不知何处去，黄娇半酣亦添愁。

（三）沙溪古镇游

古镇原来处海疆，沿溪守备肇隋唐。

长街栉比今古宅，小店兴隆南北塘。

弄口偷闲逛画铺，桥边得趣问茶坊。

当年舞苑飞天马，犹有故居忆晓邦。

（四）虞山

秋峰雨霁更绝尘，一洗青峦气象新。

丛树旁观何旖旎，岚烟远望亦氤氲。

夭姿雾里疑如是，月影花前疑洛神。

但觅昭明读书处，居然寻至虞山门。

（五）尚湖

景色迷离淼似茵，霏霏烟雨尚湖滨。

月堤曲就银涟漪，柳岸弯成碧葳蕤。

款坐廊桥仪态美，澄怀水阁性情真。

三生花草诗人梦，圆向吴门分外珍。

（六）虎丘纪游

游虎丘山

金阊闹市好登舟，七里山塘乘兴游。

沿路亲临桥巷美，初登便觉景观幽。

历朝胜迹征兴替，到处风光惹逗留。

饱览应先逛虎阜，知无憾事过苏州。

憨憨泉

豁豁尊者大师名，凿井当年两寺惊。

甘洌能增茶味美，清澄难得玉晶莹。

石栏锃亮千年物，木桶常汲万众情。

吴音杠杠卷传语，谐趣憨憨泉水清。

真娘墓

花冢筑亭古树旁，蛾眉千载竟流芳。

贞洁自古都虔敬，笃爱从来得颂扬。

隽士历朝诗句赞，佳人至此泪成行。

魂归何处常缭绕？虎疁边郊茉莉香。

千人石

山丘近顶现庞鸿，赭峪斜坡血样红。

岩树森森掩爽阁，玉潭湛湛结莲蓬。

讲台正对千人座，顽石点头一性空。

鸠摩罗什多弟子，簇新说法是生公。

剑池

风壑云泉景象奇，清池削壁水弥弥。

阖闾殉葬多名剑，秘冢深藏万古谜。

涧上横空双吊桶，岩中镌刻几留题。

洞天别有神仙境，为探幽邃游客熙。

虎丘塔

古色苍然窣堵波，高丘之顶势巍峨。

摩天七重瞰郊墅，岁月千秋感烂柯。

奠定金刚须弥座，轮圆俱足曼陀罗。

苏州唯此称标地，旖旎长空历凤梭。

冷香阁

高阁品茗喜暗香，旧时月色峦江乡。

凭陵沃野心舒朗，憩坐堂廊性毓芳。

疏影栽植思鹤望，茶楼兴建念汪郎。

知名最是三泉水，云雾清馨韵味长。

拥翠山庄

灵澜精舍晓天然，抱瓮名轩好问泉。

品味春茶矜水洌，移情秋菊傲霜妍。

贯听鸟语嘉园里，已送青篸松荫前。

拥翠山庄成一体，云墙围绕远尘缘。

（七）游上方山二首

俯瞰石湖坐半空，流光容裔画图中。

虹桥堤柳饶生意，酒肆渔庄枕闹衕。

山寺楼台尤峭倩，浮屠刹柱向幽穹。

当年诸俊吟诗处，引领瑶阶有爽风。

昔日五通作怪时，石湖阴气郡城知。

但留于越屯兵迹，犹使吴人快厌之。

毕竟一方山水美，招来多士逐遐思。

与卿茶叙常怀古，此处唐寅应有诗。

（八）苏州花山览胜

鸟道

孰将绿韵开春意，莪郁层峦万木滋。

涵澹溪缘凤鸟道，葱茏树傍古灵芝。

莲花承露矜娇态，玉女帔霞伴醉姿。

征验高唐千载梦，涔涔暮雨寄相思。

桑丛烟雨

袅袅东风艳艳春，娇容乍现已传神。

桑丛烟雨湿青黛，桃坞绯云浮茜巾。

树杪莺啼时宛转，蓁间石态恁天真。

多情最是山溪水，数里潺湲喜伴君。

游寂鉴寺

宝刹别来十度秋，香岩即色又重游。

山岚依旧丞林霭，池影犹能洗郁忧。

凡事随缘成造化，童心无碍任沉浮。

具区浩渺连千里，隐现陶朱一叶舟。

重游翠岩寺

毕竟吴中第一山，招提香火逾千年。

云栖接引佛边树，灵隐翠岩寺外天。

览胜无须悲颓殿，垂幽何必葺残垣。

寻登五十三参路，陟上莲峰可悟禅。

潺溪仙迹

鸟道沁心依涧湫，频冲魂磊砼砼流。

石床硕放神仙迹，天洞幽深燧古陬。

山登空鸣游侣步，壁诗难辨美人眸。

烟螺郊墅真如画，一啸能销万古愁。

山深林密水潺潺，岩壑幽邃罩紫烟。

邀月台空思就隐，穿云栈险试登攀。

清风萧飒思支遁，杳霭冲和念老聃。

莫问名峦高几许，千年归逸数神仙。

（九）吴江午梦堂¹赏梅雅集有韵（二首）

鄢陵野色²美容仪，朵朵金珠傲雪姿。

犹有幽香浮故里，更生奇葩靓当时。

遒枝可叹三生梦，风韵果然一素儿³。

叶茎葳蕤四百载，教人趋此念瑶期⁴。

一代风流午梦堂，联珠合璧美名扬。

恁多艳质同闺阁，皆有才情属靓妆。

妙句偏宜亲物色，佳篇更擅咏时光。

汾湖毕竟钟灵气，旗础依然砌古塘。

注 释：

1. 午梦堂：四百年前吴江名家堂号。叶氏一门夫妻儿女皆诗人，是诗史上继曹操父子、苏轼父子之后第三家族诗人门第，以女性能诗著名。

2. 鄢陵野色：据说蜡梅始种于古鄢国，即今之鄢陵，是处至今以栽植著名。第一首诗是歌咏有四百多年历史的一株蜡梅。

3. 素儿：宋诗人咏蜡梅诗时，将一持送蜡梅的美人素儿同咏，后来常以素儿喻蜡梅。

4. 瑶期：叶小鸾之字。小鸾是叶家最小的女儿，六岁能诗。她容颜冶丽，才华横溢，天性敏感，又善写诗，可惜早夭，17岁婚嫁前五日亡。周汝昌先生认为她是林黛玉原型。传说这棵蜡梅为其手植。

（十）旺山宝华禅寺颂

宝华禅寺位于苏州旺山，清代后期湮没。余于九七年冬冒雪前往考察旧址，提供历代兴废资料，建议修复。此寺重建，余有功德也。

八功德水碧波溶，留住旺山念有情。

梵呗悠扬招信众，蒲牢震荡度修行。

华严圣谛六根摄，净土真如三福徵。

证得东吴天竺境，憨憨智慧籍因明。

（十一）性空法师赞

法名释意不难猜，世事人生全看开。

八岁润州成沙弥，终年吴郡却尘埃。

驻锡精舍寒山寺，潜心经论练衲才。

师友往来承赐教，禅音常在耳边回。

（十二）忆楚光法师

住持云岩声望扬，丘山瑞霭久澄祥。

虔诚心意垂三宝，曼妙书行传四方。

寺院一时逢骤雨，尘缘十载写金刚。

门庭有幸留题句，出入经常念楚光。

（十三）水绘园忆游

浯溪雉垛海凌天，水绘园邻古刹边。

绣阁空灵因树立，虬松偃蹇卧波蹁。

洗钵池净浮寒碧，涩浪坡横蕴枕烟。

几曲回廊入镜阁，瑶琴沉寂旧时弦。

香林妙隐寄乡愁，恰是雉皋野趣幽。

悟石数屯堆潋滟，回廊九曲水明楼。

画堤夹镜波烟玉，柳岸垂涤禅寺舟。

为有谜团留艳史，诸生咸念美人游。

（十四）吊骆宾王墓

史载唐时敬业兵败，宾王去向不明，或被杀，或自尽，或为僧，说法不一。迩日携妻赴南通州，于狼山之麓见骆宾王墓焉。此处，朝晖夕霭，寺钟梵呗，引人遐思。

一羽檄文千古雄，各朝修史惑飘蓬。
可怜梵呗吟啸角，得见碑铭寂寞冢。
淮泗旌麾仆野草，维扬剑气化悲风。
男儿至此合流泪，感叹当年看域中。

香港游

香江无愧号明珠，屹立东方美且都。

海港繁荣达万国，山光绮丽耀三区。

琢珝狎猎琳琅市，灯火辉煌欢娱区。

商埠兴隆风水地，百年盛况更昭苏。

浩渺昕昕浅水湾，环依翠峪太平山。

仙宫璀璨奉天后，浴场金沙尽笑颜。

滟滟波光海湛静，澹澹竦峙岛雍娴。

丛林深处多别墅，空气清新心自憪。

植株四咏

秀雅标格泽国情，恁多风韵水中凝。

芳菁嫩色迎晓雨，翡翠柔光娱晚晴。

青叶漂篷征泮汗，簇踪繁衍照庞弘。

泥淖不须污颜色，与共菱荷姊妹行。

又是金风玉露时，留园景物系乡思。

天教仙国妖娆态，倾倒人间绚丽姿。

香馥满园生气韵，霜寒连夜砺才资。

迩来最羡彭泽令，得傍东篱执酒卮。

岩畔丛生好御冬，迩来秀韵引游蜂。

子规兀自怜春色，仙客臻来起笑容。

娇小枝棵成聚落，端凝神采伴遒松。

灵岩何处觅西子，俟探山花烂漫峰。

林园可爱是荷塘，一片光华靓楚裳。

嫩绿田田鱼戏水，嫣红朵朵鸟怜香。

雨声滴呖闻凉榭，花色暖绵恋曲廊。

莫叹秋风催茎老，来年新蕊更焜煌。

入北大五十周年有感

　　北国金秋，天朗气清，惠风和畅。老同学重聚燕园，纪念入北大五十周年，盛哉！此聚也。遥想进学之时，感慨万千。我等皆翩翩年少，豪情满怀，多憧憬未来。是年迎新活动之盛况犹历历在目：首都多个文艺团体应邀助兴，戏曲、歌舞、杂耍表演分布各处，竞相媲美，目不暇接。未名湖上烟火更是五彩缤纷，光辉夺目，教人遐想。弦歌鼓舞中，真有如临杏坛，如登辟雍，宛入梦境之感。半世纪匆匆过去，岁月峥嵘，山河巨变，世事变化尤大。风华正茂之人已双鬓尽染，垂垂老矣。然在座诸君犹精神矍铄，豪气虽减，英气尚存。至于经验之富、阅历之广、见解之深，往昔岂可比！年齿日长则友谊愈增。而此情谊，令回忆过往变得轻松，于聚会今日更加珍惜。归吴之后，兴奋未已，夜不成寐。遂假四支韵拟诗四首，谓之四赞：一赞校园，二赞先师，三赞同学，四赞所有北大校友。不亦乐乎？

岁月悠悠五十载，至今犹念入学时。
迎新歌舞圆星梦，庆典烟花绽彩芝。
博雅翼然徵夙志，畅春朗润寄覃思。
门墙幸列终无悔，德赛先生牢记之。

熙然我系拥名师，九校哲人尽聚斯。
授课专门析义理，钻研偏重致良知。
设局批判多奇诡，直道诤言不苟訾。
犹忆燕园风雪夜，寒窗灯火照髯姿。

岁考艰难属五七，迳陛北大倍心仪。
同窗各省皆才隽，侪辈京都数国师。
咸思百代承文脉，但悯三农议课支。
莫谓书生失意气，我班岂少弄潮儿。

斗艳争芳各有姿，未名湖畔万千枝。
氤氲苾气知风暖，旖旎华光觉露滋。
美朵教人期硕果，玉株招众望高榯。
天公莫作狂飙雨，花蒂桠条不胜垂。

观舞

华厅春月现倾城，一曲金歌百媚生。

倚立幽姿娇袅袅，旋飞蹀步影嬛嬛。

探戈潇洒眸光炯，牛仔风情笑靥盈。

台岛媌婳真善舞，朱颜美韵是天成。

晳颈纤腰忒有型，一姿一态总关情。

缃裙飘曳流云彩，宵袜翩旋闪玉瑛。

皎皎惊鸿天上翥，翩翩飞燕掌中轻。

於戏央视萧娘舞，常使群芳艳羡生。

贺宝山幼儿园卅五周年校庆

钟灵毓秀有名园，誉满香江是宝山。

探得启蒙开智路，先将博爱种心田。

春华秋实逢卅五，硕果良材逾数千。

欣看层峦多雨露，丛林郁郁更参天。

雨虹女儿购得罗马柱头有韵

镂雕应是大师传，精美绝伦柱上镌。

技巧微观万众赏，拙朴焕奕两千年。

雄浑就势古罗马，别致珍存不列颠。

往昔支撑何处殿？觅来典缀大堂焉。

广州就医逢七夕

上弦月色伴稀星，舟样光华一叶萍。

灯火羊城七夕夜，水云花市百摊馨。

欣逢巧节悬壶在，难得岐黄医术精。

料想江枫深苑里，黄杨寂寂对空亭。

忆先师邓以蛰先生

谦和情性处安然，曼妙书行大笔椽。

惜未从师学墨刻，幸能受教入兰轩。

继承祖业尊顽伯，欣为国家毓稼先。

中外咸知钦邓氏，怀宁门第几代传。

悼念徐荣庆学长

息耗传来恸昊穹，京都北望太忡忡。

难忘燕苑求学日，惜别鸟巢观览中。

铣质情深率我辈，笃心真挚数徐公。

故人驾鹤瀛洲去，留有风仪在桂丛。

兰陵落照怅烟鸿，燕埠萧森罩冷空。

轸念音容犹在此，缅怀行止几攸同。

谮心师范真师表，雅颖望舒德望崇。

应有乡愁恋故土，江南连日续悲风。

第三辑

韩国初次游得律八首

　　庚辰年大暑，偕妻乘海轮"紫丁香"号赴韩国旅游。该船为荷兰造之卫星导航万吨邮轮，设备先进，时速廿英里。其游步甲板除有泳池曲廊之设，于船艄摆有茶座、躺椅，为有月色可亲，霞光可恋之观景佳处也。

　　循序参观釜山、庆州、温阳、首尔与仁川等地。市容整洁，经济繁荣，举国洋溢着奋发有为精神。

（一）甲板即兴

兹乘船号紫丁香，销夏东邻数日航。

卧榻方知星月近，凭栏顿觉海风凉。

舵机卷浪成潋滟，烟水浮天入渺茫。

遥望济州浑是梦，縱巃翠屿胜仙乡。

（二）夜抵釜山

峡湾暮色渐苍然，一片光华耀釜山。

相继舳舻兴海市，参差楼宇幻星天。

街衢秩序遂心意，贸易规模令目眩。

铺面熙熙三十里，远郊灯火未阑珊。

（三）庆州¹怀古

烟雨溟蒙莅庆州，山峦宛似海中浮。

松林几处藏佛宇，井洞²随时见酒楼。

故苑垄岗五二座，新罗绍统一千秋。

风光最是明湖水，碧浪犹翔龙虎舟。

（四）佛国寺

吐含山上古云林，十里方园不染尘。

柏木森罗荫宝殿，檀香馥郁绕金尊。

饮泉咸念墨胡子，瞻塔追思灭垢玭[3]。

本是声闻缘觉业，今从悲愿长精神。

（五）参观水军都督李舜臣[4]故居礼赞

英雄浩气起牙山，笼罩忠南大海湾。

故宅俯看清水洞，祠堂高耸碧云天。

龟舡甲重靖倭氛，舶棹风轻鼓旌旃。

忽念粤浙飘戚帜，同标史册耀中韩。

（六）汉城（今更名首尔）

二十二桥跨汉江，京城气象恁辉煌。

洋洋灯海天复旦，熠熠车河夜未央。

现代精神大宇业，自然景色艺文乡。

且看青瓦台前凤，展翅晴空何处翔。

（七）于首尔华克山庄观看韩国艺术家表演

曼舞轻歌淑且真，古香古色溢清芬。

翩跹裙袖生仙境，妩媚姿容皆美人。

高丽鼓集村野乐，伽倻琴挑庙堂音。

无端忆起少年事，兀自击拍泪满襟。

（八）参观李朝故宫有感

砂环水绕脉承龙，气势恢宏景福宫。

北岳嶙峋高拱日，西江迤逦远朝宗。

玉墀鸾道深三里，金阙翚飞卫九重。

血溅坤宁前代事，韩人衔恨百年中[5]。

注　释：

1. 庆州为新罗（公元前57—公元935年）故都。七八世纪极盛时，有人口91万，三韩统一后，为韩国政治、文化中心。现存于大陵苑中五十二座王陵，是千年王国的见证。

2. 朝鲜半岛多山，村落多聚集于山坳间，称之为"洞"。城市兴起后，市井亦称"洞"，为区坊单位。

3. 据《三国史记》载，五世纪初讷祇王时代，高句丽僧人墨胡子潜入新罗秘密传教，得到一善郡毛礼家支持，后因治愈公主病，促使王室信佛。他成为新罗兴佛开山祖师。此前传法历经坎坷，正方、灭垢玭等高丽僧人先后被执杀，成为著名的殉道者。

4. 李舜臣为十六世纪李朝爱国名将。1592年率龟船舰队打败丰田秀吉侵略军，后又多次击败倭寇，是著名的民族英雄。

5. 1895年10月，在景福宫发生了震惊世界的"闵妃事件"，日本军国主义在甲午海战后为迅速吞并朝鲜，组织军人及浪人冲入光华门，于坤宁宫污辱、杀害了主张拒日的明成皇后，国王因之逊位，朝鲜实际沦亡。朝鲜人民进行了长达半个世纪的英勇斗争。

加拿大游记

（一）印第安人

茫茫冰雪盖松原，夐古蜂来印第安。

披发文身存野性，穴居狩猎号荒蛮。

颠茄施巫择烟草，网罟求鱼代钓竿。

林际图腾甚炜烨，咸思神物促繁衍。

草莽林丛雪涧间，初民篝火几时燃?

洞窟陶艺留灰烬，曲岸坞头剩烂舷。

炼就黄金筑帝国，培出玉米献人寰。

美洲不现哥伦布，更演辉煌五百年。

（二）落基山

巍峨壮丽落基山，莽莽苍苍一脉连。

穹谷飞湍生镜泊，长空积雪罩晴峦。

棕熊出没松林里，灰隼盘旋雾霭间。

不探群峰迤逦地，争知造物是天然。

（三）阿塔巴斯卡冰河

哥伦比亚古冰原，嵌在群峰巨壑间。

冷玉凌波九百里，冻川悬淌万千年。

纵横纹裂深无底，远近江湖赖有源。

道是山风祛暑气，登临顿觉日光寒。

（四）圣劳伦斯河赞

风光旖旎母亲河，浪漫流程漾锦舸。

水上明珠称翠屿，心中梦境幻澄波。

岸边林海人烟少，点缀村墟牧草多。

远见城池遗古堡，美洲几度起干戈。

（五）魁北克

教堂城堡古街衢，尖顶飘扬多省旗。

欧陆习俗兴闹市，巴黎景象竞风靡。

路旁排档邀人醉，广场弦歌着客迷。

四百年来说祖语，居民犹恋法兰西。

（六）尼亚加拉瀑布

方圆百里有雷鸣，惊动鸿冥大气凝。

孰教天河常泄水，厥与海啸比翻腾。

鲸喷浪溅狂飙劲，龙瀑飞旋暴雨倾。

娃拉丽拉情未了，云空幻似女神形[1]。

（七）吊筑路殉难华工

越水穿山万里行，百年犹叹此工程。

悬崖险过身心颤，深洞凿通汗血凝。

异土埋踪殊有恨，他乡建业惜无名。

加邦始退人头税，蔚蔚青松永寄情。

注　释：

1. 此地传说，原始部落酋长之女娃拉丽拉美丽多姿，令嫁另一部落老酋长联姻。该女于婚礼中突然称自己早许瀑布雷神，遂驾小舟没入瀑水中，变成女神，常现瀑上水雾中。

加拿大再次游

（一）印第安人颂

印第安人复古兴，文身尤喜绘雄鹰。

湍流飞渡乘筏子，峭壁穿行籍吊绳。

歌舞狂欢尊萨满，神灵崇拜信图腾。

社区规划长居地，土著风俗得继承。

（二）卡皮拉诺永居地

卡皮拉诺景嶣峣，绕树悬岩多吊桥。

跨越自矜男子汉，惊声尖叫美人娇。

高耸柏木遮青帐，峭壁巉崖泻碧涛。

簇拥客群过谷道，竟寻刺激半空摇。

（三）加邦秋兴

斯邦国树是香枫，已入三秋叶始红。

羁旅乡愁寻网络，骚人情绪怅飞鸿。

廊台些许清凉气，院落幽微潇洒风。

或有心思伤老境，阶前径自望梧桐。

（四）伊丽莎白公园

公园特命女王名，旖旎园丘耀眼明。

水畔休闲阵靠椅，岩边观赏聚餐厅。

春天樱放嫣红麓，茵草坡披碧绿坪。

最喜凭高抬望眼，茫茫无际北温城。

（五）温哥华

加邦西岸海湾多，注入菲莎滟滟波。

印第安人生聚处，格兰威尔锯伐柯。

通航列国称华埠，筑路两条历坎坷。

城市终升第一港，移民福地得亲和。

（六）桑纳斯

园中丛木郁清嘉，数里圆圈皆种花。

松鼠寻食芳草地，乌鸦栖息古枫桠。

葱茏城眼百余载，别致豪庭十四家。

道是名流多聚此，宏衍大埠温哥华。

（七）圣诞花园

花园久属贵族家，十亩茵坪五亩花。

英岛风格求典雅，殖民时代显奢华。

餐厅圆罩辉煌顶，窗扇垂悬印度纱。

温埠光阴真易过，品茗未觉鸟喧哗。

百年古树荫茵坪，橡榉参天凉意生。

建筑风格乔治亚，装修摆设水晶莹。

廊台茶叙合家乐，楼阁杯欢与客擎。

传统族徽爵士第，太平洋路显名声。

三茅雄榉耸亭亭，枫荫楼台特有型。

庭饰甲盔鸿气象，园名圣诞藉冬青。

草坪茵绿舒人眼，廊庑花红吊篮馨。

麦克当劳爵士府，兴城筑路运筹厅。

（八）冬运会雪场

威斯勒尔著名区，冬季奥林观赛趋。

山势倾崎旋曲道，云峦崔嵬绕殊途。

今逢炎日乘缆索，得望雪峰耀险岖。

上下飞翔却暑气，风光皑皑珉瑶图。

（九）乌鸦

聪明之鸟是乌鸦，样子浑黑嗓子哑。

择处安全喜树杪，寻食方便近人家。

凑水浇淋冲毛羽，衔石填瓴饮嘴巴。

族类亲和多互动，熙然生聚遍天涯。

伦敦旅游有韵

（一）参观伦敦塔

石堡森严聚一区，植被千载几荣枯。

何时宫殿成囹圄？久以城标耸帝都。

狱警逡巡模正步，游人入塔吓踌躇。

地牢刑具知多少，解此囚徒惨莫须。

千年古垒远郊郛，墙内刑坪落渡乌。

高塔阴森摄政怼，幽窗逼窄困囚徒。

储君骸骨藏幽隅，王后冤魂显嗫嚅。

血腥都铎恐怖日，怨仇四百尽遭诛。

（二）海德公园

公园选址市中心，郁郁葱葱念里寻。

幽径林间宜散步，天鹅湖畔喜亲人。

绿坡当日迎王后，白渚时常来拜伦。

逢节市民观风景，身边花草挹清芬。

（三）宿图切斯特大酒店

厅前古树缀银灯，近倚公园久著名。

装饰豪华兼典雅，雇员礼貌有娇容。

水泉茶点纯甜美，阁坐琴弦柔曼声。

一宿良宵入梦境，阿谁伴我逛宫廷。

（四）欣赏千寻演奏

千寻今夕协琴王，几曲名章擅盛场。

旋律轻松抒浪漫，音程富丽展辉煌。

金厅华饰上千座，贵妇爵绅聚一堂。

谢幕时分长喝彩，不知异国是他乡。

（五）伦敦眼

千禧之轮如梦游，汤汤河水向东流。

市容俯瞰风光美，畿辅远观气象浮。

议会宏厅连峻塔，西敏古寺傍钟楼。

依稀可辨希提景，业已摩天转一周。

（六）威斯敏斯特大教堂

塔尖簇簇上苍穹，哥特门楼气势雄。

金碧辉煌加冕殿，庄严肃穆寝陵宫。

扇形拱顶擎华宇，晶体幽窗耀彩虹。

内外雕琢堪壮丽，千年屹立映瑶空。

皇家圣地耸天垠，国教名区泰姆滨。

百代长眠二十帝，千秋景仰四千裡。

恩爱王妃不共椁，深仇姊妹却临殡。

侧廊劈有诗人角，犹见铜碑祀拜伦。

专属皇家大教堂，恢宏凝重寓辉煌。

祭坛朝向穹隆顶，圣殿连接侧翼廊。

华丽国王加冕座，庄严陵寝置棺床。

四千名望长眠处，西敏何时不显扬。

（七）大英博物馆

建筑恢宏藏品珍，门廊气魄忒袭人。

参观希腊古罗马，浏览埃及巴比伦。

万载物华融国际，千邦文化逐时分。

展台处处迷人眼，扩展心胸见识深。

佰年广厦耸辉煌，罗素路中气势庞。

展品百厅皆宝物，储存卅库悉珍藏。

逐年阵列数千载，澄表文明四大洋。

学者钻研置雅座，市民观览可端详。

（八）泰晤士河

流淌千秋叹逝光，母亲河水久名扬。

凌空高耸伦敦塔，中古留辉大教堂。

绿树葱葱牛津苑，白崖屹屹岛标墙。

格林尼治钟声里，风展航旗驰远方。

（九）伦敦

世界之都御帝乡，果然气象太辉煌。

王宫华府千墉在，古木公园万顷量。

铜塑街区多典故，金融环宇赖炽昌。

河边自喜黄昏景，落日霞飞看彩光。

（十）大英图书馆

气象恢宏赤色涂，心灵殿堂得优如。

六层乔治玻璃搭，亿卷装帧精美书。

信息可供全世界，资源共享小学徒。

大师脚印磨蹭处，经久难知有或无。

旅欧诗抄

（一）塞纳河上

塞纳河边似梦乡，宏观气象照沧浪。

䀶年繁荣一时盛，千幢名厅卅座梁。

俯瞰柔波翡翠绿，仰观雄塔铁青苍。

华楼旖旎歮西岱，又现煌煌大教堂。

（二）凡尔赛宫

皇家气象恁辉煌，殿宇巍峨镇一方。

万顷丛林筑美苑，千帧彩绘靓宫墙。

镜廊晶饰常明晟，雅室肖容留艳光。

古典镶金巴洛克，精心标榜太阳王。

（三）参观卢浮宫

弗朗索瓦故王宫，矗立河边气势宏。

卌万珍藏称国宝，百年华厦耀天穹。

芬奇真迹高悬挂，罗马名雕列阵丛。

维纳斯前良久立，尽情欣赏客群中。

（四）红磨坊

良辰美景总难期，亮采巴黎入暮时。

绿酒红灯拥座次，浓歌艳舞看庞儿。

娇容俏丽神仙态，玉体光鲜魔女姿。

远客初临红磨坊，只能陶醉不能痴。

花城灯火总媞媞，剧场风情属泰西。

曼妙轻歌疑娇鸟，飞旋狂舞状疯猊。

香槟设座约人醉，奇艺连台招客迷。

宾友不登红磨坊，怎能领略夜巴黎。

（五）瑞士印象

白云朵朵恋蓝天，草木葱茏山水边。

百里绿坡铺麓野，千年银雪罩峦巅。

村居重彩真图画，林际清泉若管弦。

沿途凭窗餐秀色，幽幽爽气沁心田。

（六）琉森行

湖水晶莹河水清，琉森沿岸市廛兴。

廊桥曲就凌波路，锥塔高升哥特厅。

历代师承工艺美，各家名表手工精。

巨狮雕刻尤难忘，顶礼忠诚瑞士兵。

（七）登勃朗峰

何时少女此峰停？银发披肩久著名。

远望云烟飘树杪，常遮庞影露娉婷。

凌霄宛似琼瑶境，冰洞偏疑蜀道行。

守此孤寒寂寞处，岂无故事惹人疼？

（八）威尼斯

浮浮海浜世间殊，难怪欧人称水都。

城历千秋添锦绣，岛分四百撒珍珠。

舟楫熙攘楼中过，桥巷纵横郭内疏。

乘醉行舟入幻境，仿佛游弋在姑苏。

（九）马可广场抒怀

葡萄美酒水晶杯，坐饮礁湖看鸟回。

铜马教堂呈气魄，金狮广场振雄魁。

紧挨海港千年埠，远眺豪轮万客来。

大运河中逢竞渡，繁华犹在古城垓。

客厅赞誉不含糊，马可广场太丽都。

哥特拱廊承古典，教堂尖塔耸天区。

装潢意味迷卿子，晶饰荧光恋美姝。

学诗未重王摩诘，难将骚行似画图，

（十）比萨

托斯卡纳海边城，古典复苏此地更。

浸礼教堂形象伟，讲经坛美雕塑精。

神婴竟是孩童貌，圣母原为丽女婹。

殿左欹倾比萨塔，奇瑰总让世人惊。

（十一）佛罗伦萨

马上铜雕雄伟姿，一城君主美迪奇。

佛罗伦萨因之胜，文艺复兴系我思。

秀颐丰胸圣母绘，世风神韵爱情诗。

洪潮激荡超三纪，正是东方欲曙时。

（十二）文艺复兴奠基者赞

历史潮流早蕴成，佛罗伦萨母亲城。

美庞入画想乔托，神曲呈诗念但丁。

二友精雕兴湛艺，三杰巨作导繁荣。

天堂门上图原罪，是颂人间艳艳情。

（十三）主教堂神韵

古典风格仍焕彰，大师规划显堂皇。

塔楼精美托圆顶，劵柱坚实立拱廊。

玻璃窗棂呈幻彩，水晶灯盏映辉煌。

缘何广场增雄伟？更有神雕竖两旁。

（十四）街区游览

坚固多亏垒石墙，街衢犹是老楼房。

双层拱线雕蛇腹，数尺挑檐荫艳阳。

户主当年精置业，市民过半善经商。

古城百载承文脉，风俗浇漓擅乐场。

（十五）罗马

残垣断壁石堆空，犹现名都气势宏。

一水长流郊墅地，七丘仍矗古神宫。

凯撒锐师连欧亚，艳后夭姿配丽庞。

凯旋门边角斗场，观时谁再喜兵戎！

（十六）台伯河边有思

都城景物总关情，罗马观光随意行。

神庙圆穹天宇象，皇宫残址野牲坪。

猎奇名胜多绘画，信步平康有乐声。

许愿泉边暗祷告，时逢雷雨测虔诚。

（十七）梵蒂冈

壮丽恢宏梵蒂冈，欧洲所见最风光。

凌空华盖十型殿，耀目天辉五色窗。

经变妍嫣湿壁画，圣容灿烂紫金装。

千年几度修建筑，因敬彼得崇教皇。

重游欧罗巴洲有韵

（一）慕尼黑

魏玛时分公国兴，巴伐利亚著名京。

伊萨汩水穿城隅，哥特新潮设政厅。

传统农林四野美，领先科技百工精。

兵燹一度成灰烬，更现繁荣举世惊。

（二）新天鹅堡

俪影昂然云水间，天鹅城堡态幽娴。

镜厅交映多装饰，金殿重修任自然。

童话新编情婉转，芭蕾古剧舞翩跹。

王室故事增游兴，享誉寰球近百年。

（三）皇家啤酒屋

皇冠标志署门额，来往人流觅客桌。

万磅香蹄分座递，千吨佳酿大杯喝。

朱颜名俊风光久，金酒华灯欢快多。

端坐厅中管乐队，迄今尤喜奏军歌。

（四）维也纳

多瑙河边最要冲，街衢商汇仍繁荣。

满城塑像扬名胜，广场人流显市容。

剧院辉煌金色殿，林园华丽美泉宫。

沿途隆隆车马过，好忆当年帝国风。

（五）茜茜公主

妙影宜修倾国姿，出行风采万人痴。

星眸笑靥常留画，顾颈蛮腰久入诗。

交结邻邦凭爱意，完婚荳蔻惹心思。

可怜天妒红颜美，晏驾逡巡瑞士时。

（六）圣斯特凡大教堂

教堂雄伟亦庄严，矗立中欧千百年。

神殿周遭兴广场，塔峰高拱入摩天。

煌煌灯火照穹顶，灿灿金光耀圣颜。

南坛独尊玛利亚，低头祈福仰头看。

（七）萨尔茨堡

阿尔卑斯溢口城，峰奇水涣久闻名。

楼台骈毕旳琼宇，寺塔参差耀翠晶。

堡砦岩峣岭上建，市廛栉比岸边行。

年年朝圣莫扎特，游客沉迷曲乐声。

（八）参观国王湖鹰巢

屹屹凯恩斯坦峰，白云缭绕掩峥嵘。

林岚弥漫盘旋路，湖水清澄静谧容。

涵洞几时游客子？鹰巢一度住枭雄。

反思历史嫌沉重，且看森罗万象生。

（九）茵特拉根

两湖夹持大山间，百里溶溶印湛蓝。

镜嵌古城神话境，显真少女雪峰颜。

游人半是登山客，瑞士咸称伊甸园。

云上能遂翔翱梦，飘扬彩伞在长天。

（十）重游塞纳河

清波渌渌似琉璃，又乘游轮赏美媞。

激起情怀诚浪漫，流连景色惹相思。

石桥精镌千船过，铁塔嵌琦万客跻。

座上忽闻《马赛曲》，教人钦羡法兰西。

日本游

（一）东京都皇居

太田道灌筑城垣，幕府驻屯江户川。

明治定都多审虑，皇居禁院百余年。

松林茂郁宫前院，楼阁参差护水栏。

镇殿珍藏三圣器，犹与宝座共长传。

（二）大阪城

赫赫巍巍大阪城，丰臣堡垒耸峥嵘。

关楼瞭望称天守，高阁飞檐拨地崇。

声势浩然方一统，岌峨雄建越八重。

嶙峋巨石围墙起，常绕白云傍日升。

（三）浅草寺

灯笼高挂古雷门，浅草招提气象森。

半里商街仲见世，万千接踵礼佛人。

德川幕府兴廛市，江户风情犹娱民。

推古天皇卅六载，垂钓兄弟遇观音。

（四）芦之湖

外轮山色笼芦湖，众鸟飞翔渐有无。

翠坞游船摹海盗，银峰富士若神荼。

箱根暮霭沉幽梦，驹岳晨曦展画图。

岚气荡浮林荫道，竟留关所忆兵途。

（五）箱根溪谷有韵

翠峪蜿蜒似画图，蓝天白霭水清淑。

温泉馆舍藏林渚，酒肆飞檐沿道途。

扭曲苍松多古趣，腾烟涌谷望眵糊。

湍流终日穿嶒峗，山景新奇叹爽舒。

（六）富士山

何年倒扇始悬空？耸起扶桑第一峰。

自古斯邦称圣岳，讴歌瀛澥挺芙蓉。

樱期好看五湖影，忍野竞吟八海容。

神采奕奕千秋在，族魂得象自然征。

（七）京都金阁寺

足利武家正炽昌，主修金阁亮煌煌。

相叠水院潮音洞，究竟亭翔美凤凰。

书院造中座敷饰，禅宗式样礼佛堂。

一休缚虎方八岁，义满难赢智斗场。

（八）伊豆之歌

秀发乌鬟花样容，紧随踊子步天城。

悬崖绝壁对礁渚，破浪惊空溅雪明。

隧洞深邃长数里，瀑泉飞洒共七泷。

川端书里谁为"我"？总念阿薰一段情。

日本史话

（一）北海道传说

昔话扣牢刨窟庐[1]，款冬树下小人居。

竖穴隆替阿伊努，十胜川边遗翠砠。

（二）毗沙门

英雄相惜忆田村，鏖战经年侠义存。

终为阿弓行母礼，青碑呼应毗沙门[2]。

（三）筑波山神社

筑波山半笼岚烟，神社弥荣江户前。

尊祖巡行容止日，祭宫赐福古今传[3]。

（四）因幡白兔

因幡白兔祀松筠，妙演出云十月姻。

男女感怀八上姬，当年择婿大黑神[4]。

（五）浦岛太郎

浦岛太郎捕鱼夫，几度放生世上殊。

伊势音头龟鹤舞，婆娑龙女共徐纡[5]。

（六）坛之浦[6]

坛之浦上海潮声，水战覆亡恨未平。

芳一盲弦凄月夜，琵琶秘曲鬼魂惊。

（七）歌仙

古昔歌仙女子町，艳容丽曲醉宫廷。

几多美韵留能乐，松尾芭蕉窅然听。

（八）迁都平安京

怨灵作祟廿年忏，恒武天皇剧胆寒。

择得四神风水地，迁都乐土[7]祈平安。

（九）药子之乱

妖妇权势控中枢，宫里乱伦别所图。

嵯峨既传三宝器，终除药子镇京都[8]。

（十）光华公子

光华公子美容姿，但幸芳菲必有诗。

花散里并明石姬，钟情未必辨妍媸。

（十一）飞香淑景

飞香淑景自清闲，帚木空蝉殇夕颜。

因恋藤壶亲紫姬，旧情眷顾北轩间。

（十二）藤花之恋

艳舞浓歌御殿家，朦胧月色赏藤花。

君臣乘兴吟诗句，款语娇嫣赧醉颊。

（十三）六条妃子

玉人才气魅妖娆，妃子幽居择六条。

妒咒生魂及二女，寒鹄情笃断鸾胶。

（十四）战国

年逢天应起兵戎，战国纷争若氛雺。

多少名藩求上洛，琵琶湖水证神踪。

（十五）德川家康

尺蠖十年人质身，低眉用忍慢求伸。

豪杰一旦归乡国，叱咤风云成战神[9]。

注　释:

1. 扣牢刨窟庐系北海道神话传说中比阿伊努土著更早的原始民族。

2. 田村麻吕任征夷大将军，征伐陆上奥国七年之久。甚敬佩敌莫阿弓保卫家园的奋战精神，劝说他归降后却被恒武天皇处斩。田村麻吕修毗沙门，以战神名义纪念之。

3. 早昔众山之母巡行诸儿女后山岳，唯于筑波岳得夫妇俩拜迎招待，容止于此。遂赐福此山人民乐贺，代代无绝。其神社果然成为江户名刹，参拜者至今络绎不绝。

4. 乌取县传说，大国之神是苇原中国的建国之神，又是日本七大福神之一的大黑神。他在白兔帮助下成就婚姻，此地遂有出云十月男女于此联姻的盛会。

5. 浦岛太郎的传说在最古老的《日本书记》中已有记载。说渔夫三次钓上乌龟放生，引起龙女关注，遂迎入龙宫结为夫妻。

6. 日本本洲最西端山口县关门海峡，历史上著名的坛之浦海战于此进行。当时潮流不利于平家，平家遂全军覆没。据说平氏幽魂不散，经常于坛之浦月夜现呐喊战斗声影。著名盲人音乐家芳一住海边寺院，某夜被约演奏《平家物语》。庙中方丈发现他演出之地为平氏茔地，设法以佛法救了他。

7. 从奈良迁都平安京（即京都）时间为公元794年。

8. 藤原氏专权系后宫势力横行数代结果，尤其是皇后之母药子最为猖獗。嵯峨天皇即位后，始镇压下去。

9. 德川家康从六岁开始就被作为人质。他艰难隐忍，养成了艰苦卓绝的奋斗精神。独立领军之后，他先后随同织田信长和丰田秀吉，成为著名战将，直至统一全国，建立德川幕府。

送日本友人关口顺归国

高山流水几相知，海角天涯一子期。

燕皂白云虎皂树，当时情景总猗猗。

俄罗斯旅游有感

（一）谢尔盖小镇观光

蓊郁京畿花木乡，金环小镇久流芳。

塔楼林立朝天府，神像庄严耀辉煌。

牧首胜传谢尔盖，灵泉交错饮霞觞。

古殿巍然六百载，圣母升天大教堂。

（二）克里姆林宫

煌煌克里姆林宫，凌霭城垣血样红。

哥特幽窗俯厦宇，葱头金顶峙穹窿。

伊凡钟阁呈标志，东正教堂达帝聪。

犹有星光熠尖塔，晖盈流水漾春风。

（三）红场颂

风光旖旎处京城，久仰托格红场名。

金顶辉光多胜迹，英雄岁月叹峥嵘。

因循集市召群众，招展旌旗喜阅兵。

烈士陵园无姓氏，常燃灯火寄思情。

（四）夏宫

直想园林越古今，豪奢富丽自荒淫。

逞强女帝夺天意，俯首男雕称主心。

琥珀华庭醉昵婆，紫金大殿舞知音。

狂吹凡尔赛宫曲，浪漫通宵霍万金。

（五）参观喀山、保罗·约翰、滴血诸大教堂有感

壮丽恢宏大海滨，巍峨雄起垒青珉。

圆窿高耸生空幻，神坛庄严可蕴真。

葱顶厅灯圣三殿，保罗约翰像二陈。

解放农奴滴血死，沙皇仍有可钦人。

（六）涅瓦河上联欢

恰逢细雨漂轻飔，涅瓦河中带醉姿。

游艇观光争摄像，猎奇景色自吟诗。

琴声欢奏喀秋莎，倩影飞旋华尔兹。

忽有美妞约共舞，仿佛回到少年时。

西雅图一日游

翡翠之城西雅图，林峦葱郁映澄湖。

参差华厦升天宇，飞驰豪车奔广衢。

微软台机百万数，波音空客数千逾。

甬长货运接连过，一瞥方惊世上殊。

第四辑

成都行

甲午季秋锦江城两日游。一日感冒发烧，一日友人陪同游览，颇难忘。归来拟小诗十二首记之。

（一）四川史话

鱼凫蚕丛久肇基，巴山蜀水擅雄奇。
游人乍到芙蓉国，恍入仙乡叹景熙。

（二）花溪

朝雨霏霏访草塘，花溪烟水正迷茫。
沿途寻味拟诗境，恰有黄鹂鸣道旁。

（三）杜甫草堂

茅屋留有两三间，但刮寒风忆昔年。

园囿葱茏多古木，一塘碧水仍涟涟。

（四）诗圣

志意恢宏比圣贤，诗章璀璨并谪仙。

英名于此垂千古，难得茅庐存世间。

（五）桃园三结义

桃园结义终昭烈，汉祚鸿仪得续延。

三足鼎呈青史册，千秋气爽锦城天。

（六）诸葛亮

尽瘁咸为报国心，鞠躬但念主恩深。

君看前后出师表，武略文工属一人。

（七）锦江

风雨宜人万象呈，深秋景色也菁菁。

此行未见都江堰，喜看一城水净莹。

（八）芙蓉城

诗人何必效吹笙，金有光辉玉有瑛。

花蕊亦曾留艳影，芙蓉美色醉江城。

（九）锦里游

览胜难忘锦里行，主人盛意客心萦。

入川自悔难吃辣，大妙汤锅感热情。

（十）无题

钟灵毓秀属江城，锦绣中华久冠名。

天府英豪多气概，美眉曼妙亦铮铮。

（十一）浣花溪

风光最是锦城西，多少才人印雪泥。

更念吴舟秋雨里，有缘来探浣花溪。

海棠十二咏

（一）

贴梗红葩挂满枝，相约西府靓同时。

垂丝袅娜千千朵，四季难忘缱绻思。

（二）

圆融粉瓣五弧形，香萼低垂硕颈娙。

嫩蕊丝长增秀气，红烛掩映更娉婷。

（三）

蜀锦光华景象熙，唐妆艳映贵妃颐。

标格应入神仙品，情态堪称鸾凤仪。

275

（四）

风暖平江最可人，满城花市色缤纷。

锦芳桥畔迎春晓，应是萍踪卿子魂。

（五）

邻国赏樱何太痴，花期苦短惹愁思。

孰若海棠多灿烂，点缀春光冠一时。

（六）

美韵天成自不同，年年艳色醉东风。

何须凑近观庞影，远看娇颜一样红。

（七）

绕轩临水倩谁栽？着花时节艳艳开。
嫩葩无由恔粉杏，娇容何必妒红梅。

（八）

候来俪影果倾城，笑靥红腮春睡卿。
何日能圆仙子梦，群芳热烈拥东亭。

（九）

仲春管领百花呈，谁荐仙颜海外迎？
璀璨不独比蜀绣，芬芳陶醉锦官城。

（十）

沐浴春光喜艳装，嫣红姹紫看群芳。

园林展览花容美，绚丽多姿是海棠。

（十一）

未恋夭桃已恋梅，几番花讯逐芳菲。

海棠雨霁红颜浅，犹见雄蜂浪漫飞。

（十二）

羞颜醉态谁家姝？笑靥情眸忒丽都。

始信娇花能解语，带来春色满姑苏。

参观牡丹花展览

（一）

十里芳洲著牡丹，姹红嫣紫耀栏杆。
滨湖堪比花朝日，谁不拥来带笑看。

（二）

姚黄魏紫大胡红，醉酒杨妃倚绿丛。
寻觅二乔逢赵粉，昆山夜白玉珑璁。

（三）

近日琴川似洛阳，鼠姑斗艳又争芳。
千姿百态成花海，薰醉游人半若狂。

（四）

沉香亭北绾芳辰，霓裳羽衣悦太真。

李白三曲清平乐，难得花魁喻美人。

（五）

金后春晴着靓光，红楼绮梦傍江廊。

由知国色真华贵，锦绣天成翔凤凰。

（六）

百朵红葩绿叶间，难寻佳句咏酡颜。

曩时久为贫寒累，不敢人前看牡丹。

（七）

望似中秋明月圆，白洁如雪淡含烟。

孤芳应觉霜华冷，自在庭园伴蜀弦。

（八）

红葩盛放晚霞光，翠叶蘖萌锦帐香。

金蕊持娇深浅处，羞赧未许窥端详。

游海南岛琼海

（一）

海岛风情看雨林，芭蕉棕榈绿成云。

万泉河水清如许，观景时啜兰贵人[1]。

（二）

海岸绵延热带林，蓝天点缀雪白云。

官塘泉水鸳鸯馆，宛似华清浴美人。

（三）

风姿摇曳喜椰林，绿韵浓凝祛暑云。

候鸟年年栖息地，何时常作往来人。

（四）

楼台近水又依林，母瑞遥瞻半是云。
图贴睦尔^{2}兴龙脉，一曲青梅羡煞人。

（五）

母瑞峥嵘布莽林，飞湍流水伴层云。
琼崖娘子多巾帼，昔日军歌最感人。

（六）

黎寨神山野树林，讴歌击鼓祭谲云。
从来百越传异俗，尽是文身髻发人。

（七）

同窗难得会泉林，往事书箴淡若云。

原创思维颇费解，斟酌哲理有高人[3]。

（八）

卿子萍踪寻梦林，琼州往返似流云。

归来乘兴填词曲，调寄江南虞美人。

注　释：

1. 兰贵人为海南著名绿茶。

2. 图贴睦尔，元朝元文宗名。公元1325年被废黜流放海南，居琼海。三年后召回登帝。因以多河畔为龙脉改名万泉河。流放时曾与青梅丽女相恋，有戏曲传世。

3. 同窗杨适与又春当时曾讨论哲学原创思维内容。

于温哥华度七夕有韵

（一）天河

天上人间有定分，千秋有憾数婚姻。

无情莫怨银河水，王母当年挥玉簪。

（二）鹊桥颂

约期星汉筑河梁，喜鹊不辞万里翔。

唯借当年王母令，情怜织女嫁牛郎。

（三）乞巧

孰教倩影喜玲珑，节日居然比女红。

却认天工开物美，人人乞巧望星空。

（四）中华情人节

大爱竟存天地间，星河难却两情怜。

牛郎织女离合怨，毕竟缠绵万世缘。

送赵又春、张国珍同窗去国

（一）

自古文章可立身，学兄无愧读书人。

凤凰不必涅槃后，展现辉煌又一春。

（二）

秀外慧中是国珍，燕园往事倍酸辛。

苦厄说到伤心处，常使同窗泪满巾。

（三）

三十年前落雨天，衡阳相望正春寒。

夫妻喜报甄别事，不觉蜗居仍可怜。

（四）

金秋小聚恋官塘，伉俪三双话语长。

未料匆匆将去国，原来茶叙变离觞。

（五）

指望常逢大海南，我来君去怅孤单。

从今但饮琼州水，翘首加邦万里天。

（六）

道是神州见皓天，曩时噩梦仍纠缠。

感尔此去万千里，驰骋湖山任自然。

（七）

海阔天高任自由，依依别绪总堪愁。

长沙此后无知己，唯见湘江寂寞流。

题挂壁云石山水图

树色岚烟雨霁天，氤氲浮幻武陵源。

仙人犹喜龙溪水，恣意飞腾万壑间。

蕉窗六咏

（一）

晓院幽深贯曲廊，芭蕉绿韵蕴东厢。

石塘引入庞泓水，鱼影池星菡萏香。

（二）

东园情致在蕉窗，绿叶层层映粉墙。

泉石理应添意境，幽邃常伴水云乡。

（三）

修葺东垣两度春，芭蕉夜雨最销魂。

今宵淅沥缠绵韵，愈觉园林可娱心。

（四）

旖旎湖山映碧空，壶天景象一般同。

品茗喜在蕉荫下，不减当年君子风。

（五）

玲珑水榭夜迢迢，灯火廊前照小桥。

雨打芭蕉情未了，玉人何必再吹箫。

（六）

从来月夜称良宵，庭院何期色更娇？

我愿天公多嘱意，芭蕉烟雨恋枫桥。

锦溪游

（一）

初乘乌篷逛是乡，小桥卅六运程长。
棚廊廛市寻常见，临水平行上下塘。

（二）

烟雨空蒙莅锦溪，湖波漾漾景迷离。
清凉梵宇闻啼鸟，漫步廊桥数里堤。

（三）

五保湖中独圩墩，金凫水冢葬佳人。
莲池禅院今犹在，时有花香伴玉魂。

莱茵花园十二咏

（一）

昔日黄天塘，壅成念里河。

苇塘遗野趣，萍潦息洪波。

爽气清独墅，霭烟弥远禾。

萋萋芳草甸，楼阁顿时多。

（二）

骙骙神骏马，疾驰太阳车。

岁月既辉煌，门楣宜耸峨。

莱茵名美苑，仙女塑幽莎。

君见绿坪上，教堂傍古柯。

（三）

比邻甫百户，齐整若珂罗。

宅第多连理，庭园似耦合。

莳花争烂漫，梓树共婆娑。

择处有缘分，里仁万事和。

（四）

庭院饶生意，晨氛融且和。

花丛旋蝶阵，树冠转莺梭。

朗润恋坪草，幽邃喜薜萝。

窗前新种竹，几岁可成科？

（五）

华灯荧耀眼，晶饰近豪奢。

明镜镶金箔，锦屏嵌黛螺。

玄关重雅缀，楼道列妍葩。

晏坐沙发上，合家好唱歌。

（六）

共享天伦乐，餐厅笑语多。

圆台宜饫饮，方椅好菁莪。

酱酢佐荤素，凉盘配暖锅。

烛光何旖旎，莫怪众人酡。

（七）

书房求古朴，色调重橐驼。

几案择明式，窗帷绉素波。

法帖临北海，诗卷咏东坡。

坐忘人间事，澄怀性不颇。

（八）

明月窗前照，柔柔万里波。

清辉濯蜀锦，玉影裹杭罗。

琴枕催幽梦，画屏绣雅哥。

风来闻菡萏，矞夜起吟哦。

（九）

明清五百载，葑外盛观荷。

辉映芙蓉国，香袭瑞锦窠。

玉姿迷隽秀，粉朵妒娇娥。

谁建花神庙，年年有颂歌。

（十）

归舟多醉酒，结队奔城河。

软语隔舟叙，吴歈即兴和。

桃腮遮绿叶，藕臂搂红荷。

古荡清凉地，教人喜曼陀。

（十一）

茫茫上古史，征战甚疯魔。

薆荟遗残矢，泥淖识锈戈。

风涛悲伍子，霜草悼夫差。

兴衰应有运，水浜久咨嗟。

（十二）

还我读书处，甘居安乐窝。

沟通学上网，游衍寻乘舸。

千首诗篇少，一尊酒量多。

悠悠天下事，不必问如何。

泰山忆游

（一）岱宗颂

宇内说奇伟，泰山石敢当。

峥嵘冠五岳，磅礴倒三江。

莽脉压渤澥，高峰擎彼苍。

慨慷千古事，岱顶望朝阳。

（二）际遇山雨

山云多变幻，顷刻有雷声。

狂飙天上落，游兴雨中浓。

电闪长空裂，泉流深谷鸣。

喜看千峰翠，青峦挂彩虹。

（三）经石峪

魏僧发大愿，风雨十年期。

果腹一箪食，遮身百衲衣。

雄飞罗汉笔，殆荡泰山崎。

溪水潺潺处，斐然字字奇。

（四）快活三

龙松何蔚蔚，柏洞亦森森。

三里逍遥路，千莺婉转音。

林间藏古刹，云上郁嵚岑。

饮过泠泉水，杜诗缓慢吟。

（五）舍身崖

绝壁八千仞，重云山际回。

横空鸷鸟叫，穹谷鬼魂哀。

险石惊风雨，欹松着火雷。

明知生死线，勿上舍身崖。

（六）望吴台

晨曦临大地，万象俱辉煌。

拱日徂徕峻，朝终汶水长。

山河争旖旎，天海共苍茫。

何处济宁道，居高放眼量。

301

（七）观日

道观踞峰顶，长留朝望厢。

人声忽吵嚷，天色演苍茫。

黑黯呈青紫，橙红变灿黄。

蓬勃大日出，环宇耀金光。

（八）西峪归程

懋懋西南巘，厐厐十里阿。

林深溪蜿转，山曲径陂陀。

莽脉云层密，湍流碨磊多。

仰观大瀑布，更觉气磅礴。

谢师[1]

吾师年半百，携我鲁中游。

着笔千峰秀，趣行一径幽。

谊增东岳顶，情重北京楼。

但爱谢公屐，常登天下丘。

注 释:

1. 谢师孝思先生，留京时授余中国绘画史，常携往故宫博物院参观各馆。1962 年大暑，陪师游泰山。沿途常以登山喻人生努力进程。今生常得关照、指点，可谓恩重如山也。

题谢师山水图

　　丙午年重阳后二日，秋高气爽，风物宜人。谢师孝思先生以一百零二岁高龄莅江枫园寓所，兴致甚佳。欣然索笔写湖山图，以抒豪情，以畅胸臆。在座无不惊叹。师已卧床住院两年，右手已不能动，终生首次以左腕挥毫，实乃奇迹也。门人王文钦为画作题诗，并请谢师公子友苏书之。

远岑何茂豫，高峄亦嵚巇。

鹜影回凫渚，村烟袅水湄。

一生多意气，百岁此心怡。

重振文犀笔，挥成世上奇。

题砚诗

　　廿年前觅得端砚一方，有莲塘鱼戏浮雕。因作题砚诗请楚光上人书写、张文彪雕刻大师镌刻。

皎皎凌波子，盈盈碧水卿。

叶田听雨韵，莲朵想风情。

吴曲怜鱼戏，楚裳费鸟鸣。

花中如选美，敢与牡丹争。

题哲仁同窗香港马鞍山幽居

海上晴波一镜开，山林蔚郁路盘回。
书窗遥对八仙岭，夜梦常迎神女来。

马鞍山麓水云乡，高阁龙蟠认锦强。
我羡仙居朝大海，凌空赏月乘风凉。

怀念兄长

（一）宝通禅寺

洪山宝塔耸云巅，殿宇糅彤千百年。

昔日钧兄休养处，从林石径景依然。

（二）张公堤

张公堤上堡墙中，病影怎遮腊月风。

戎马英姿多志气，背时罹难竟身终。

金梅夜咏

春节临近，沧浪诗社社长周秦教授，召唤吴江雅集，汾湖度曲。吴中诗人曲友多前往。是日，组织参观明末女诗人叶小鸾故居，四百年前伊手植蜡梅犹遒根丛干，光华在目。春容典雅，香韵清幽，引人歌咏，得诗三首。

（一）

四百年间艳艳开，素心蜡木倩谁栽？

疏枝又绽黄金朵，遒干犹陈苍郁苔。

昔日暗香萦画舫，深闺遗咏炼诗才。

小鸾原是春神使，唤得罗浮丽影来。

（二）

叶叶交晖杜若香，珠莹玉韵誉吴江。

闺媛酬唱菁华句，诗史盛传绝妙章。

桂质兰姿心性美，锦书采藻返生香。

合族皆喜吟疏影，亮节高风标水乡。

（三）

北厍临河古渡头，官旗石础水边留。

零星村落袁家埭，一脉唐梅香韵浮。

曩昔婵媛吟绣阁，旧时风景浣花洲。

诗廊画舫今何在？宛转笛声淡淡愁。

绿梅之歌

今年春早，西院绿梅已含苞待放。珠光满树，喜迎春节。
吟颂两首以抒情怀。

（一）

春使遣差萼绿华，来无定所过余家。

星星点点无穷碧，累累盈盈满是桠。

生意盎然生氛蔼，玉洁情致笼清嘉。

一番风韵着花日，鹊报枝头喜叫哑。

（二）

不教东君着意催，头番花讯唤春回。

云容雪态冰洁质，晶蕊莹葩萼绿梅。

秀影偏争五出美，琼姿独占百芳魁。

由知月色朦胧夜，喜伴幽香径自开。

红梅赞

（一）

东君首候省梅林，二十四番早占春。

玉梢及时呈艳萼，光华此刻见檀心。

花容如许争烂漫，芳馥寻常入醉沈。

最是闻名香雪海，前朝御驾几回临。

（二）

风情袅娜映清池，始信东风有所之。

粉萼美超郁李瓣，红颜艳过海棠值。

抒怀好咏东坡句，笃爱常吟和靖诗。

尤喜春江花月夜，飘来雅韵报君知。

（三）

梅林百亩露华菁，辉映春光分外明。

枝蘗柔条娇楚楚，珠苞红艳秀盈盈。

风和水浜萦香氛，日丽轩前倩影清。

冶态幽姿情韵美，教人一顾便呆萌。

（四）

阆苑东风仍料峭，梅苞乍绽叹娇娆。

幽姿美韵羞红杏，艳质容辉屈碧桃。

烟玉层叠成雪国，香云弥漫现琼瑶。

头番花信争明媚，肇始春光分外娇。